大活字本シリーズ

雷神の筒

山本兼一

《上》

埼玉福祉会

雷神の筒

上

装幀　巖谷純介

雷神の筒

一

海からの風に、目をほそめた。

三河《みかわ》の海に、白い波濤《はとう》が立っている。天文《てんぶん》二十三年（一五五四）一月二十四日の夜明け。空は桜色の朝焼けに染まっている。

織田《おだ》家鉄炮頭《てっぽうがしら》橋本一巴《はしもといっぱ》は、腰の胴乱《どうらん》から鉛の玉を取り出し、頭上にかかげた。八百の総軍にむかって大音声《だいおんじょう》をはりあげた。

「この小さな玉が、天下を変えるがや。みなの者、見ておれ」

筒先から玉を落とし込み、槊杖《カルカ》で突きかためた。

「風が強かろう――」

織田信長《のぶなが》が眉根《まゆね》にけわしい皺《しわ》を寄せている。当たらぬとでも言いたげだ。

目にまばゆい緋羅紗《ひらしゃ》の陣羽織をまとった信長は、二十一歳の若さである。

「鉄炮の玉が風なんぞに負けてたまるか。追い風じゃ。勢いがつくわい」

洒落者《しゃれもの》の一巴は、南蛮兜《なんばんかぶと》のてっぺんに青くきらびやかな孔雀《くじゃく》の羽根をあしらえている。羽根が、風にちぎれそうだ。

一巴の頭上で真紅の旗が風におどっている。金色《こんじき》の稲妻がおそろしげに走り、大きな文字の縫い取りがある。

てつはう　天下一

新しい筒を二百挺《ちょう》もそろえた天下無双の織田鉄炮衆がここにいる。火縄銃が種子島《たねがしま》に伝来して十一年。これだけの鉄炮をそろえた軍勢は、大和《やまと》六十六州のどこにもないはずだ。きたえあげたのは一巴である。そもそも、まだ幼かった信長に一から鉄炮の稽古《けいこ》をつけたのは、鉄炮狂いの一巴だった。

織田鉄炮衆は、今日の村木砦《むらきとりで》攻めが本格的な初陣《ういじん》だ。

「ご覧《ろう》じろ。これこそ天下を変える一発だ」

一巴は、立ったまま鉄炮をかまえた。

上背のある隆《りゅう》とした体軀《たいく》に気魄《きはく》が漲《みなぎ》っている。

骨太だが、無骨ではない。洒落者にして無欲恬淡《てんたん》。九年前、初めて鉄炮を手にしたその日から、鉄炮の威力に魅了され、鉄炮のことばかり考えて生きてきた。尾張《おわり》近国で、鉄炮狂いの一巴を知らぬ侍はまずいない。

南蛮渡来の新兵器を工夫するうちに、一巴は熱をはらんで狂った。

――おもしろい。おもしろすぎる。

鉄炮が、である。

人差し指一本で、敵が斃《たお》せる。こんなありがたい武具に夢中にならぬ奴《やつ》の気が知れない。

――おれのこころの根には、神か仏でも棲《す》んでいるのか。

一巴は、自分でもそう思うことがある。おのれを利するために、なにかをしたことなど、天地神明にかけて一度もない。

――人のために生きるのが、侍だ。

かたくなにそう信じている。なによりもそのための鉄炮である。今川《いまがわ》と戦うのは、尾張の民のためである。鉄炮の力で天下を平定すれば、それが万民のためになる。

天下泰平のため、攻め寄せてくる敵には死んでもらう。

ただ闇雲《やみくも》に殺戮《さつりく》するのではない。

――尊厳をもって殺し奉る。

それが、人を殺《あや》める礼節だと心得ている。

信長の父織田信秀《のぶひで》が死んで二年。今川義元《よしもと》は、若い信長を見くびり、しきりと尾張に兵を送り込んでくる。この海べりに居すわられれば、今川の跳梁跋扈《ちょうりょうばっこ》をゆるすことになる。信長の領する尾張の下四郡《しもしぐん》（南の半国）が危うい。

義元は駿河《するが》、遠江《とおとうみ》、三河の三国を支配下におき、信長にとって目下最大の強敵である。

砦の兵は五百と見た。

信長は、那古野《なごや》城（現在の名古屋城二の丸）にいた八百の手勢をすべてひきつれてやってきた。

叔父の織田信光《のぶみつ》と、すぐちかくの緒川《おがわ》城主水野《みずの》信元《のぶもと》が応援に駆けつけている。那古野城の後詰《ごづ》めは美濃《みの》の斎藤道三《さいとうどうさん》が送ってくれた。信長の嫁帰蝶《きちょう》の父にして、蝮《まむし》の異名《いみょう》をもつ狡猾《こうかつ》な男だが、信長は信頼している。

鉄炮をかまえた一巴は、村木の砦を睨《にら》みつけた。

「わが筒は、こんな砦を攻めるためにこそある」

知多《ちた》の海をわたってきた今川勢が、にわかに築いた砦である。海べりの小高い丘に、土居《どい》をかきあげ、柵《さく》をめぐらせている。海の潮をひき込んだ堀はひろいが、鉄炮は撃《う》ち込みやすい。

左目を閉じた一巴は、右目を雷神のごとく大きく剝《む》いて、首の骨をひとつ鳴らした。

土居の上に立つ足軽が、ちょうど、前に突き出した小指の爪《つめ》の大きさに見える。

小指の爪より大きければ、五十間《けん》（九一メートル）以内だ。かならず当たる。

朝の空が青く明けきった。砦に立つ今川の二《ふた》つ引両《ひきりよう》の旗指物《はたさしもの》と、色とりどりの幟《のぼり》が、海からの強い追い風にあおられている。

砦の土居に立つ足軽がこちらをうかがっている。一巴は筒先の目当てに足軽をとらえた。

――南無マリア観音。

南蛮の神が、そんな名だと聞いた。鉄炮をこしらえた国の神なら、玉に斃《たお》される兵を極楽に往生させてくれるだろう。

念じながら、ゆっくり引き金をしぼる。

かたり、と、火挟《ひばさみ》の火が落ちた――。

あたりをゆるがす炸裂音《さくれつ》がとどろき、閃光《せんこう》がまっしぐらにはしる。頬骨《ほおぼね》に小気味よい反動がかえり、白煙がたなびく。玉薬《たまぐすり》の刺激臭が鼻をうった。

今川の足軽が、のけぞって倒れた。

――二十一人目。

頭のなかに、数をきざんだ。

初めて鉄炮を手にしてから、これまでに鉛の玉で撃ち倒した人数だ。いつか自分が死んだとき、ちゃんと極楽にいるかどうか数えてみたい。

一発の銃声が合図であった。

法螺貝《ほらがい》が鳴りひびき、掛かり太鼓が気ぜわしく打ち鳴らされた。雄《お》叫《たけ》びが砦をつつむ。

「鉄炮があれば、あんな砦は一刻《いっとき》のうちに落とせる。よう狙《ねら》え。まだ撃つなよ」

百人の鉄炮衆が、一列になって膝《ひざ》撃《う》ちにかまえた。

二百挺ある鉄炮を、百人の上手《じょうず》が放つ。

そのあいだに百人の玉込め衆がもう一挺に玉薬と玉を込めておく。上手な放ち手が、間断《かんだん》なく射撃する。上手が放てば、玉はよく当たる。

一巴は、無理がきらいだ。いくさは、大水が岩を押し流すように無傷で勝つのがよい。鉄炮ならそれができる。

鉄炮を手にしてから、一巴はつねに兵法を思案している。勝ちを得るには、兵法がなにより大切だ。力をうごかす術《すべ》を知らねばならぬ。

「いいかいいか。狙いはいいか」

鉄炮は、人を雷神に変化《へんげ》させる道具だ。鉄の筒が、兵の力を千倍にする。人間の足軽衆が雷神の群れとなる。

「放てッ！」

赤い布をつけた指揮杖《しきじょう》をふりおろすと、鉄炮の列が火を噴いた。百の雷鳴が天地をゆるがした。一瞬、風がやんだほどの大音響だった。

砦の足軽が何人も倒れた。

「筒を、替えろッ。狙え、狙え」

指揮杖を高くかかげた。

「よし、放てッ！」

もう一度、一斉に放たせた。また、すさまじい音で天地がゆらいだ。

鉄炮を知らぬ今川勢が驚いている。ここで一気に攻めたてるのが肝《かん》腎《じん》だ。

「それぞれ、狙いをつけて、放て、放て」

あとは、鉄炮衆の勝手放ちである。

「早くよこせ」

信長がうしろに手をのばして顔をしかめた。信長には、三人の小姓が玉を込めている。信長が引き金をしぼると、砦の足軽が前のめりに倒れた。

「今川侍を地獄に堕《お》とせ」

叫びつつ、信長がつぎの鉄炮を放った。小姓が玉を込めてわたすと、信長がすかさず放つ。放つたびに、敵兵が地獄に堕ちる。

一巴は極楽に往生させるつもりで玉を放つ。

信長は地獄に堕ちよ、と叫んで放つ。

殺されるほうは、どちらを喜ぶのか――。

敵が警戒して柵から姿を消した。

「駆け込め！　いちばん駆けの者には、あの砦が褒美《ほうび》じゃ。城持ちにしてやるがや」

西の空堀《からぼり》を攻める織田信光のだみ声がとどろいた。叔父信光は、いまの信長にとって大きな後《うし》ろ盾《だて》である。

足軽たちが、空堀の底から、急な斜面をよじ登る。上から石が落ちてくる。矢で狙われ、槍《やり》で突かれ、転がり落ちる。

東の海からは、緒川城主水野信元の手勢が、小舟の群れで攻めたてている。ここに今川の砦があれば、まず狙われるのが緒川城である。

「ひるむな。杭《くい》を切りたおせ」

大勢の兵が舟から海に飛び降りた。柵にとりついた兵が矢をうけて倒れた。高い波が、すぐに屍《しかばね》をさらっていく。

「御屋形《おやかた》、鉄炮衆を、空堀と舟手にわけますぞ」

大声で叫んだ一巴に、信長はふり向きもせず右手をあげた。

二百挺の鉄炮衆には、一巴の下に四人の組頭《くみがしら》がいる。

一巴の三人の弟と、郎党頭《ろうとうがしら》の金井与助《かないよすけ》が組頭だ。一巴が仕込んだだけあって、四人とも炮術に一日《いちじつ》の長がある。

「吉二《きちじ》は東の海側にまわれ。志郎《しろう》は、わしといっしょに来い。三蔵《さんぞう》と与助は、ここに残れ」

一巴は、西の空堀に駆けた。いちばん下の弟志郎の組がついてきた。

空堀のきわで、膝撃ちにかまえさせた。

「あわてるな、一発で一人殺せ」

敵を殺してこその鉄炮である。玉薬をつくる塩硝（硝石）も鉛の玉も、南蛮渡来の貴重品だ。目の玉が飛び出るほどに値が張る。

玉と玉薬の用意は、一挺につき三十発。あわてて撃てば、たちまちのうちにむだに尽きてしまう。

「風を読んで放つがよい」

こちらの空堀をはさんでなら、敵の足軽が親指の節ほどに見える。砦までは三十間（五五メートル）。調練をつんだ放ち手なら、あやまたず心の臓をつらぬく距離だ。

いかんせん今日は風が強すぎる。

一巴は、風の呼吸を読み、引き金をしぼった。炸裂音がとどろき、足軽の眉間《みけん》に命中した。

――南無マリア観音。二十二人目だ。

玉をこめた鉄炮をうけとり、一巴はまた狙いをつけた。

鉄炮衆が、雨霰《あめあられ》と玉を放つ。すさまじい炸裂音が間断なく戦場を震わせる。

砦の足軽が、つぎつぎと倒れた。

すでに陽《ひ》がのぼっている。明るい春の海辺に、武者たちの雄叫びと絶叫が入りみだれている。鉄炮を放てば、音で威圧できる。織田の兵が嵩《かさ》にかかって押し出せる。

「むだ玉を放つな。堀のきわで、よく狙え」

「承知。はずすものか」

志郎が叫んだとき、砦の弓衆が矢を放った。

敵の矢が、雨となって、こちらにふりそそいだ。

列の真ん中にいた志郎が、喚《わめ》き声をあげて地面にころげまわった。矢が、左の目玉に突き刺さっている。二の矢、三の矢が襲ってくる。

「ええい、押さえておれ」

四人の男が、志郎をあお向けにねじ伏せた。一巴は、志郎の鼻柱を草鞋《わらじ》で踏みつけ、思いきって矢を引き抜いた。鏃《やじり》にぬらりと光る白い目玉と、赤い紐《ひも》がついている。喚いていた志郎が押し黙った。気を失ったのだ。眼窩《がんか》に血止めの弟切草《おとぎりそう》をつめ、膏薬《こうやく》を貼《は》った。

「右目があれば、鉄炮は撃てる。さあ、天下一の衆、よく狙って放てや」

一巴が叫んだとき、空堀から突然、敵の鎧《よろい》武者がとびだした。白刃《はくじん》を手に、一巴におどりかかった。

後ずさった一巴のすぐ目の前に、刀の切先《きっさき》が迫っていた。

一巴は腰の脇差《わきざし》に手をかけた。抜くのが間に合わない。とっさに、体をかわし、鎧武者の脛《すね》に足をかけて転がした。

脇差を抜き、転んだ武者の腋《わき》の下を突いた。防備のない肉に切先がずぶりとめり込んだ。

玉込め衆が加勢して、武者にとどめを刺した。

「ご無事か」

「大事ない。それより鉄炮だ。よう狙って放て」

みなが、筒をかまえた。一斉射撃は、敵への威圧になる。弾幕が張れる。号令がとどくあいだは、できるだけ一斉に放たせる。

「放てッ！」

列の端に立ち、指揮杖をふりおろして叫んだ刹那《せつな》、一巴は背中に強い衝撃をうけた。

前のめりに転んで土を嚙《か》んだ。蹴倒《けたお》されたのだ。

反射的に横に転がった。敵の足軽だ。刀の切先が、一巴の腕を狙っている。白刃に青空が光っている。胴を踏まれて動けない。刀が振り下ろされた――。

――やられる。

目をつぶったとき、遠くで銃声がひびいた。

足軽が、がくりと腕を落とした。血反吐《ちへど》をはいて一巴のうえに倒れかかった。

しばらくは、なにが起こったのかわからなかった。のしかかった足軽の重みと浴びせられた血のぬくもりが、忌《い》まわしい。

一巴は肩で息をしていた。喉《のど》がひりついた。

「御屋形様です」

鉄炮衆のさした指の先に信長がいる。こちらに鉄炮を向けている。信長の放った玉が足軽の背中に命中したのだ。信長が、一巴をすくってくれた。

――命を拾った。

惜しむつもりのない命だが、拾ってみれば、空の青さが目にしみる。右手をあげた。礼のつもりだ。信長は、もう砦を狙い、玉を撃ち込んでいる。

一巴も鉄炮をかまえ、筒先を砦に向けた。つぎからつぎへと引き金をひいた。

二十三人目。二十四人目、二十五人目……。ひとり撃ち倒すごとに、一巴は祈った。

――南無マリア観音。

死にゆく者を極楽にやってくれ。

鉄炮の力で、尾張を守ってくれ。

念じながら引き金をひけば、天《あま》が下《した》のすべからくが、鉄炮の力でねじふせられる気がした。

二

橋本一巴《はしもといっぱ》が、生まれて初めて鉄炮《てっぽう》を見たのは、堺《さかい》の町であった。種《たね》子島《がしま》に鉄炮がわたってから二年後のことである。

町はずれの射場で試し撃《う》ちを見た一巴は肝をつぶした。

「どえりゃあ、すげぇもんじゃな」

すさまじい炸裂《さくれつ》音に耳がじんじん鳴って、正直なところ、小便をすこしもらした。

「おう。すさまじかろう。的《まと》はもっとすごいぞ」

橘屋又三郎《たちばなやまたさぶろう》が、うれしそうに笑って自慢した。鉄炮又と呼ばれるこの男は見物人が肝をつぶすのが、おもしろくてたまらぬらしい。

五十歩むこうに立てた分厚い杉板まで駆けていくと、前面は指先ほどの丸い穴が開いているだけだが、裏はささくれてずたずただった。

天文《てんぶん》十二年(一五四三)、種子島にもたらされた鉄炮は、島主種子島時尭《ときたか》がとんでもない高値で二挺《ちょう》買い取り、島の鍛冶八板金兵衛《かじやいたきんべえ》に命じて同じものを張り立てさせた。筒の底に尾栓《びせん》のねじを切る技術がわからず、鍛冶は、娘をポルトガル人に差し出して、教えを請うたとの伝説がある。

ちょうどそのころ、堺の又三郎が、島にわたっていた。

又三郎は鉄炮の製造を学んで堺に帰り、すぐに鉄炮の張り立てをはじめた。その鉄炮又の射場である。

「人なら、一発であの世行きだな」

「あたりまえよ。鎧《よろい》も兜《かぶと》もなんのそので撃ち貫くわい」

一巴は試射させてくれと頼んだ。

初めて手にした鉄炮は、ずしりと重かった。その重さが、強さそのものに思えた。

膝撃《ひざう》ちの姿勢で、かまえた。

銃床を頰《ほお》につけて、左目を閉じ、右目で標的を見つめた。杉板に黒い丸がある。手前の目当てと、筒先の目当てをかさねた。

「引き金は、そろりとしぼれよ」

勢い込んで引こうとすると、筒先が下を向いてしまい狙《ねら》いがはずれるのだと教えられた。

雫《しずく》のような丸みのある真鍮《しんちゅう》の引き金を、ゆっくり手前にしぼった。

――まだか、まだか。

こらえながら指を引き寄せると、火挟《ひばさみ》にはさんだ火縄が落ちた。大きな炸裂音は衝撃だ。

初めて女体に精を放ったとき以上の甘美が、脳天をつらぬいた。しばらく動けなかった。

「星に命中や。えらいもんやな」

玉は黒丸の真ん中に当たったのか――。若党が走って標的を持ってきた。たしかに当たっている。

一巴は、からだが痺《しび》れていた。頭から全身に、熱がはしった。

「とんでもない筒だ」

「おう。これがあれば合戦は百戦百勝。これからは鉄炮をそろえたもんの天下やな」

たしかに、これからの合戦になくてはならぬ武具だと確信した。鉄炮を持つ者こそ、圧倒的な力で敵を制圧するであろう。

「値はいくらだ？」

「銭八百貫」

とんでもない高値である。それだけあれば、小さな砦《とりで》だって手に入る。

一巴は、尾張《おわり》の豪商生駒《いこま》家の荷駄隊を差配して、堺に来ていた。良質の荏胡麻《えごま》油をたくさんはこんで来たので、油屋からうけとった銭が、ちょうどそれだけあった。

「買った」

玉と玉薬《たまぐすり》を百発分、それに玉をつくる鋳型《いがた》をつけさせ、意気揚々と尾張にひきあげた。

美濃《みの》との国境、木曾《きそ》川のほとりにある生駒屋敷に帰ると、当主の生駒八右衛門親重《はちえもんちかしげ》が、頭から湯気をたてて怒った。禿《は》げて髪のない頭が真っ赤に染まっている。

荷駄隊を差配する一巴が、商売の儲《もう》けをすべてつかってしまったのだから無理もない。

銭のかわりに一巴が見せたのは、鉄の筒である。木の台や黄色い金属のしかけがついているが、鉄の筒にはちがいない。

「こんな筒一本に、八百貫の銭を払《はろ》うただと」

「この筒の値打ちがわからぬでは、生駒の家もさきがなかろう。この屋敷もちかいうちにだれぞに襲われて皆殺しにされるがや」

わるびれずに、一巴は筒をなでた。銭の値以上の強さを手にいれて満足だった。

生駒家の富は、油と灰が生み出した。

シソ科の荏胡麻からしぼった油と染め物や肥料につかう灰を木曾川の川舟で墨俣《すのまた》まで運び、そこで馬の背に積み替えて、京《きよう》と堺で売りさばく。

ことに油が大きな利益をもたらした。

生駒家は、それを流通させる川筋人足をたばねている。

木曽川流域は、網の目のように支流がひろがり、しばしば洪水に流されるため、人が住むのに適さず、古くから守護不入《しゅごふにゅう》の地であった。住んでいても年貢や地子銭《じしせん》を取られないのである。

そんな川筋に、戦乱を逃れて流浪してきた人々が住みつき、川魚漁や水運をなりわいとした。河川をすみかとする民ゆえに、川並衆《かわなみしゅう》と呼ぶ。生駒の家も、もとはといえば、河内国《かわちのくに》の生駒山のふもとから、やはり戦乱を避けてやってきたといいつたえられている。

数千人もの川並衆をたばねて商売を牛耳《ぎゅうじ》っているだけに、生駒家の屋敷は、巨大な城館である。

膨大な富が蓄積されている。

高い土居《どい》でかこまれた敷地は一万四千坪。あたりを監視する望楼《ぼうろう》がふたつそびえ、豪壮にして優美な御殿が建っている。何棟も建ちならぶ土蔵には、金、銀、銭がうなっている。

尾張の西のはずれにある一巴の城館より、よほど大きく富んでいる。橋本の家は、一巴の父親の代から、銭でやとわれて生駒の荷駄隊を差配していた。

その差配の頭《かしら》が、馬の背を空にして帰り、ただ一本の鉄の筒を差し出したのだ。

「こんな筒になにができる」

親重は、はらわたが煮えくりかえるほど怒っているらしい。眉間《みけん》の皺《しわ》が、ますます深い。

「放つ者が雷神と化す南蛮《なんばん》の筒。人の力を、千倍にも万倍にもする道具だがや。この筒があれば、百戦百勝。生駒の蔵が、何倍にも富むぞ。天下が泰平になるぞ。その目で見るがよい」

屋敷の土居わきに、棒杭《ぼうくい》を打たせた。犬追物《いぬおうもの》につかうむく犬を一匹、古びた胴丸《どうまる》に押し込んで杭にくくりつけた。

百歩離れて、引き金をしぼった。

残響が消えても、親重や、せがれの生駒親正《ちかまさ》は、顔をこわばらせたままだ。一巴の口もとが、おもわずほころんだ。

棒杭まで駆け寄ると、鉄板を絲《いと》で威《おど》した胴丸に、みごとに丸い穴が開いていた。

胴丸から頭を突き出したむく犬は、舌を出し、血を吐いて絶命している。胴丸をはずすと、犬の腹には小さな穴しか開いていない。

「見るがええ」

足で犬を転がすと、背中の皮が大きく裂けて血にまみれ、赤い肉がむき出しになっている。白い骨が砕けている。

「鉛の玉は、肉にからまると、ひしゃげてあばれるがや。すさまじい威力であろう」

屋敷の男たちが、息をのんだ。

「人が着ていても同じこと。いまに鉄炮をもった連中が襲ってくれば、こうなるのは生駒の家の者たちでや」

そんな恐ろしい傷口は、だれも見たことがないはずだ。指先ほどの小さな玉が鉄の胴丸をつらぬき、骨を砕いている。

「威力はようわかった。しかし、なんとしても値が高すぎる。弓なら何千張りも買える値だ。人ひとり殺すのに、そんな大枚は払えぬわい」

「新来の兵器ゆえ、高値はいたしかたなかろう」

鉄炮を張り立てているのは、畿内では、堺の橘屋又三郎と紀州根来《きしゆうねごろ》の杉坊《すぎのぼう》だけである。数は、わずかしかない。実戦の武具としてより、まだ、めずらしい贈答品としてあつかわれていた。

「種子島の御屋形《おやかた》は、金一千枚を支払うたと聞いた。それだけ値打ちのある筒でや。この筒が、新しい世を切り開くと見抜けぬのか」

一巴は、親重をにらみつけた。この新兵器なら、いくら銭を払っても惜しくはない。

「たわけ。ものの値打ちはな、それでいくら儲かるかで決まるがや。こんな筒で銭が稼げるものか」

親重は、どうしても納得できぬ顔だ。

「稼げるとも。この筒をそろえれば、天下が従う。天下が従うなら、千金、万金でも安かろう。商売のことはそれからよ」

「天下など従わせても、苦労がふえるばかり。銭だけ稼ぐのが利口者じゃ」

木曾川の川並衆をたばね、物資を運搬して巨富を築いた親重は、銭が出ていくのがなによりも嫌いらしい。

「親重殿は、もはや老い先短く死ぬばかりゆえ、それでよかろう。だがな、若い者は、これから生きてゆかねばならん。しがみついても尾張の地べたを守り、米の飯にありつくためには、ぜがひでも、鉄炮がなくてはかなわぬ」

「弓と槍《やり》があれば、尾張も、生駒の荷駄隊も守れるわい。なぜ、こんな高いものを欲しがるか。銭の浪費じゃ」

「これまで何十ぺんも、つつがなく銭と荷を持ちかえった。こたびばかりは許すがよい」

許すもなにも、すでに銭がないのだから、どうしようもない。

あるのは、ただ一本の鉄の筒。

親重は、憎々しげに顔をゆがめて、屋敷に入った。

「一巴。こりゃ、どえりゃあ筒じゃな」

せがれの親正は、一巴と同じ戌《いぬ》年うまれだ。しきりとうなずいている。

「おみゃあは、わかってくれるか」

「わかるにきまっとる。年寄りには新しいものなどわかるものか。こりゃあええ筒じゃ。この筒があれば、野盗などなんなく追い払える」

「それよ。これまで、なんど野盗に襲われて、わしの郎党《ろうとう》が命を落としたことか。この筒があれば、雷神を味方につけたも同じ」

「わしにも、撃たせてくれ」

したくをしてやると、親正は嬉々《きき》として引き金をしぼった。


その鉄炮を、一巴は那古野城《なごや》にもちこんだ。

那古野城の主《あるじ》は、吉法師《きっぽうし》と呼ばれていた織田信長《おだのぶなが》である。古渡城《ふるわたり》の父の信秀《のぶひで》が、四人の家老をつけて、まだ元服前のせがれをこの城に住まわせた。

茶筅髷《ちゃせんまげ》を結った信長は、やんちゃ盛りで、毎日、馬に乗り、川で泳ぎ、石合戦ばかりしていた。

「これは、なんの筒だ？」

「鉄炮と申しましてな、人を雷神に変化させる筒でありゃあすよ」

「人が雷神になるものか」

「なれますがや」

吉法師の目を、睨《にら》みつけた。

「なって見せよ」

いつわりなら許さぬといわんばかりのきかん気な目で、吉法師は、一巴を睨み返した。

棒杭に胴丸をつるして標的にした。

「ご覧《ろう》じろ」

引き金をしぼると、雷鳴よりはるかに大きな大音がとどろいた。あやまたず胴の真ん中に命中している。

「…………」

吉法師は、顔をこわばらせて目を剝《む》いていた。あまりの音の大きさに驚いて、口が開いたままだ。

たなびいた煙に、鼻翼をうごめかせている。

「南蛮の化け物が、屁《へ》をひったようだがや」

玉薬に硫黄《いおう》をつかうので、煙は卵の腐った臭《にお》いがする。

「まこと、この筒は、南蛮の魔物でありゃあす。この筒を手にすれば、南蛮の雷神を味方につけたも同じ」

吉法師に、鉄炮をかまえさせたが、子どもには重すぎた。一発目ははずしたが、それでも二発目を、みごと胴丸に命中させた。

案の定、吉法師はこの筒が大いに気に入った。城に行くたびに、鉄炮を撃たせろとせがんだ。

元服してますます鉄炮熱はたかまった。銭をあずかった一巴は、堺で、信長のために鉄炮を買ってきた。信長は一巴の指導で、炮術の稽《けい》古《こ》にはげんだ。

尾張は、乱れに乱れている——。

織田家同士が牙《きば》を剝きあい、所領を奪おうと狙っている。今川《いまがわ》はしきりに兵を送り込んでくる。隙《すき》を見せれば、信長はたちどころに殺されてしまう。

信長が頼みにできる手勢は、わずか八百。父がつけてくれた老臣たちでさえ信頼できない。非力をおぎなうには、なによりも鉄炮がよい。

信長に入れ込む気になったのは、この少年の目が、ぎらぎら光っていたからだ。馬で尾張の野を駆けるときも、鉄炮で的を狙うときも、いつも、ずっとそのむこうを睨みつける目をしていた。

――この若者なら。

ちいさな利害得失にばかり執着《しゅうじゃく》している地侍たちとちがい、もっと大きなものを見る力がある――。そう信じた。鉄炮衆をもたせれば、土地と民を守ってくれる――。

「鉄炮をそろえなされませ。八百の兵でも、百挺、二百挺の鉄炮があれば、万の敵を打ち負かせます」

一巴は、信長にそうささやきつづけた。

「銭はどうする」

信長が、一巴を見すえた。

渡来から十年ちかくがたち、鉄炮を張り立てる鍛冶が各地に増えている。値はずいぶん下がったが、それでもけっして安価な武具ではない。

「銭は、あるところから出させるにしかず」

頭にあるのは、生駒の家である。

これまで、荷駄隊を差配して、ずいぶん儲けさせてやった。鉄炮衆がいれば、京、堺までの道中はなんの不安もない。もっと大きな商売ができるのだ。

生駒家の当主親重は吝《しわ》いので、せがれの親正をすでに口説き落としておいた。親正も鉄炮の大切さを認識している。

——三千貫なら、なんとかする。

できれば自分が借りて買いたいくらいだが、いくら親正でも、一巴には貸してくれない。尾張の半国を領する信秀の後《うし》ろ盾《だて》がなければ銭は出てこない。

一巴は、信長とともに古渡城におもむき、信秀に墨付きを書かせた。

商売の儀につきて、徳政、国役の事、免許せしめおわんぬ。ならびに永代売買の田畠、屋敷、野浜の儀は、たとい売り主あるいは闕所《けっしょ》、あるいは被官退転たりといえども異議あるべからず。ならびに質物の儀、盗物たりといえども蔵の失墜《しっつい》となすべからず。

生駒家の商売の利権を認めた上で、徳政令も尾張の国税も免除し、さらに、買い取った地所の売り主が、犯罪によって処分を受け、あるいは、経済的に困窮し、地所を買い戻したいといっても認めないといった内容である。生駒家にとって、はなはだ有利な内容であることはいうまでもない。

親重は、一巴にその墨付きを見せられてうなった。

尾張の北部に生きる生駒家は、地理的に岩倉《いわくら》の織田家と結びつきが深く、南半国を領する織田信秀に商権を安堵《あんど》されるのは、岩倉への裏切りにもひとしい。しかし、信秀の実力のほどは魅力でもある――。さまざまな想念が駆けめぐっているにちがいなかった。

返答がないので、一巴はつぶやいた。

「では、これは破り捨ててよろしいか。三千貫ばかりの銭のこと、そちらで調達してくださらなくともなんとでもなる。親重殿に話をもちこんだのは、むしろこの一巴の好意。長年のお付き合いへの返礼である。お断りいただいてけっこう。しかし、よくよく先のことをお考えあるがよい」

「とんでもない銭でや」

「二百挺の鉄炮を思い浮かべてみやれ。どんな軍勢でもたちまち総崩れ。天下に敵がなくなるわい」

結局、親重は、銭を貸す約束をした。

岩倉の織田伊勢守《いせのかみ》と織田信秀を天秤《てんびん》にかければ、才智の点で、どうしても信秀を信頼している。いずれ尾張をたばねるのは、信秀であろうと見込んでいた。

「わかった。銭は貸す。そのかわり、生駒の商売をかならず守れや」

「むろんのこと。おみゃあさまは、よい方についた」

一巴は、三千貫をそっくり荷駄隊に運ばせて帰った。

銭の荷駄をつらねて、一巴は近江《おうみ》の国友村《くにとも》に出かけた。

「二百挺でございますか……。そんな大量の注文など前代未聞。鉄炮をいかにつかいなさいますか？」

国友鍛冶のなかでもいちばん腕の立つ藤兵衛《とうべえ》が、腕をくんで考え込んでいる。

鉄炮一挺の相場は、十年ばかりのあいだにずいぶん下がって、銭五十貫文になっている。それでも、米にしてざっと百石《こく》。まだまだ、武具というより、珍奇な玩具《がんぐ》のたぐいである。

そんな高価な鉄炮を集めて喜んでいるのは、九州の大名をのぞけば、足利《あしかが》将軍義輝《よしてる》（当時は初名の義藤《よしふじ》）くらいのものであった。このころの九州では、すでに実戦で鉄炮がつかわれ、大隅国《おおすみのくに》では鉄炮による初の戦死者が出ている。

流れ公方《くぼう》と呼ばれるほど流転の逃亡生活をおくった義輝は、献上品としての鉄炮をことのほか好み、自分で射撃しては無聊《ぶりょう》をなぐさめていた。

国友は、古来、鍛冶の多い地域である。

そもそも湖北地方は砂鉄がゆたかで古代から製鉄がさかんにおこなわれていた。

中世になってからは、越前敦賀《えちぜんつるが》をへて出雲《いずも》の良質な鉄がはいり、甲冑《かっちゅう》や錠前など、丈夫で精密な鉄製品をつくる鍛冶がふえた。

京が近いので、売りやすいのもよかった。

ここに鉄炮鍛冶があらわれたのは、そもそも義輝が、この村の鍛冶に鉄炮をわたして、張り立てさせたからであった。

鍛冶たちは競い合って堺に出向き、鉄炮の張り立てを学んだ。新来のねじ切り技術さえ修得してしまえば、あとはお手の物だ。

将軍の玩具であるため、鍛冶たちは、一挺ずつ丁寧に張り立てて高い礼金をもらっていた。

「なんの、数はたくさんいるが、飾りの象嵌《ぞうがん》などはいらぬ。ただ撃ちやすく、あつかいやすい筒がよい。しかも、二百挺、ぜんぶ同じ筒にしてくれ。どうじゃ、それだけいっぺんに張り立てれば、安くできよう」

二百挺の筒を、二千貫で張り立たせる約束をした。それにしても、国友村にしてみれば空前の注文である。あとの千貫で、玉と塩硝が買える。

藤兵衛が、村の年寄《おとな》たちを呼び、一巴は、手付けの銭をわたしてたのんだ。

残りの銭をもって、一巴は堺に走った。玉薬の原料となる塩硝と鉛を買い占め、尾張に運び込んだ。

半年ばかりで張り立て上がった二百挺の筒をそろえ、一巴は足軽たちを調練した。早くから鉄炮をいじっていただけあって、一巴の三人の弟たちは、ことのほか射撃に熟達していた。

織田家鉄炮衆の頭に一巴、組頭《くみがしら》には一巴の三人の弟と橋本家郎党頭の金井与助《かないよすけ》。それが妥当な配置であった。

天文二十一年（一五五二）の春先、信長の父信秀が、疫病にかかって亡くなった。

信長の鉄炮装備は、かろうじて間に合った。父信秀が死んでいれば、生駒は銭を出さなかったであろう。

――運のよい男だ。

と、一巴は思った。

その翌年、信長は、美濃との国境にちかい富田聖徳寺《とみだしょうとくじ》で、岳父斎藤《さいとう》道三《どうさん》と会った。信長の正室帰蝶《きちょう》の父親である。

二百挺もの鉄炮衆を従えた信長を見て、道三は嘆息した。

「わしの子らは、いずれ、あのたわけの門前に馬をつなぐことになるだろう」

巷《ちまた》の油売りから一国の主になった男だけに、信長が巻き起こしつつある渦の将来を、はっきり予見していたのであった。

村木砦《むらきとりで》での鉄炮衆初陣《ういじん》は、さらにその翌年のことである――。

三

小折《こおり》の生駒《いこま》屋敷に、織田信長《おだのぶなが》と橋本一巴《はしもといっぱ》が、わずかの馬廻《うままわり》だけを引き連れて駆け込んだのは、村木砦《むらきとりで》の戦勝から三日目の朝であった。

出迎えた生駒八右衛門親重《はちえもんちかしげ》は、戦勝の宴《うたげ》をしたくしたが、渋い顔をしている。

「このたびの戦勝、まずは祝着至極《しゅうちゃくしごく》」

型どおりに口上をのべても、口が重い。

二百挺《ちょう》の鉄炮《てっぽう》をそろえてからというもの、一巴は荷駄隊の差配に出かけていない。ただただ鉄炮衆の調練に専念している。また鉄炮の話かと、警戒しているふうである。

「めでたいことに、村木の砦は、たちまちのうちに落ちた。鉄炮の威力はすさまじい」

一巴が切り出すと、親重は露骨に顔をしかめた。

「そのことなら、物見に行かせた若党から聞いておる。おみゃあらがわざわざそろってやって来るのは、なにか、べつの話があるのではないのか」

「わかっておられるならば話が早い。さっそくにお願いしよう。合戦で玉も玉薬《たまぐすり》も撃《う》ち尽くしてしもうた。銭を出してくれ」

親重の顔が、ますます渋くなった。

「三千貫も出させておいて、今川《いまがわ》の米をすこしでも分捕《ぶんど》ったのか」

「むりなことをおっしゃるな。このたびは、攻めて来たのを追い払《はろ》うたばかり。砦にあった米は、せいぜい二十俵ばかりでや」

「二百挺の鉄炮があれば、天下に敵がなくなるとぬかしたのは、どこのどいつじゃ。今川は、織田の軍門にくだったのか」

「いかに鉄炮といえど、一日でそんなことができるものか。鉄炮が巻き起こす渦は、いま始まったばかり。これから大きく育てていかねばならん」

「そのために、銭がいると言いたいのか」

「そうじゃ。玉薬をつくる塩硝がのうなってしもうた。百斤《きん》（六〇キログラム）買わねばならん。玉をこさえる鉛ももうない」

一巴が睨《にら》みつけると、親重が首を横にふった。

「それ見たことか。やはり、鉄炮は、役立たずの銭喰《ぜにく》い虫。土蔵の金銀を、すべて呑《の》み込むうわばみだがや。生駒の家に、銭の湧《わ》く井戸があると思うておるか」

額に皺《しわ》を寄せ、口をへの字に曲げてしまった。

黙っていた信長が、親重を見すえて口を開いた。

「銭には、つかい時がある」

短くしか話さないだけに、信長のことばには、ぎくりとさせる凄《すご》みがある。信長はそれきり口を閉じている。

「せっかく二百挺そろえたというに、ここでうち捨てる気か。それこそ、このまえの三千貫が死に金になるぞ」

食いさがった一巴に、親重が腕を組んで首をふった。

「しかしな、こたびの村木攻めはどうだ。けっして胸を張れる勝ちではなかろう。底なし穴に、いくら銭をほうり込んでも無駄なだけ。もう鉄炮はやめにしたがよかろう」

先日の村木砦の合戦で、信長軍は圧勝した。

夕刻までに敵の首級《しるし》を二百も討ち取り、砦を完全に制圧した――。

一巴はそのことを滔々《とうとう》とまくしたてた。

「それはそれでけっこうな話じゃ。じゃがな、こちらもずいぶん傷ついたそうではないか。鉄炮があれば、味方の兵を損耗《そんもう》させずに百戦百勝。おまえはそう豪語しておったではないか」

たしかに、一巴はそう胸を叩《たた》いていた。

「いや、圧勝であったとも。鉄炮がなければ、あの砦は落とせなんだ。鉄炮があったればこそ、一日のうちに落とせたのだ」

「一兵もそこねずに、落として見せるとほざいておったにしては、ずいぶん手こずったな。三千貫もの銭をかけて、三日かかるのが一日になったくらいのことか」

勝ちはしたものの、たしかに味方の損傷も大きかった。鉄炮をつかう戦術は、まだまだ研究の余地がある。

「なにしろ、風が強かったでな」

「風でいくさが休みになれば、苦労せぬの。雨も降るぞ。火縄が消えるぞ」

「初陣《ういじん》じゃ。思いのままにはかせげまい」

せがれの親正が、父親重にとりなした。親重は天井を睨んでいる。

「たしかに陣の立て方は、もっと勘考せねばなるまい」

一巴はさまざまな戦闘を想定していたが、実戦となると、やはりとまどうところがあった。すこしずつ経験をふまえて改良していくしかあるまい。

結局のところ、どんなに鉄炮を撃ち白ませたところで、最後は足軽が手槍《てやり》で駆け込まなければ城は落とせない――。

そこまでの戦術をさらに工夫する必要がある。

「なんにしても、塩硝と鉛を買わねばならん。それが尾張《おわり》のため、生駒家のためでや」

「銭はもうない」

「ちっ。吝《しわ》いな、親重殿は」

一巴は口の端をゆがめた。胃の腑《ふ》から苦いものがこみ上げてくる。

親重が銭を出さなければこれ以上鉄炮は放てない。

「吝いでけっこう。この生駒の富はな、先祖代々、一滴の油、ひとすくいの灰を粗末にせず積み上げたものだがや。その蔵から、どうしてむだな銭がつかえるものか」

鉄炮は銭がかかる。このところ、各地の大名が、しだいに鉄炮をそろえつつあるせいで、塩硝と鉛は堺でもつねに品切れ状態だ。

塩硝は日本の自然界には産しない。鉛も豊富とはいえない。どちらも明《みん》から船で運んでくるため、価格は急騰し、同じ重さの銀ほども値がはるようになっている。

ひところ、日本に豊富な硫黄《いおう》が、明ではおそろしいまでに高騰したことがあった。いまは、その逆の現象が起きている。

「もたもたしておると、今川が鉄炮の筒先をならべて尾張に駆け込んでくるがや。そうなれば弓と槍では太刀《たち》打《う》ちできぬ。この屋敷も無事ではない。それでよいのか」

それをいわれると親重は反論できない。

「おまえは、いつもそれじゃな」

木曾《きそ》川の川筋は、諸国からおとずれる人の往来が盛んである。尾張の片田舎《かたいなか》にいても、親重は、天下の風雲を肌にひしひしと感じている。いま、天下には地鳴りがしている。九州方面に南蛮人《なんばんじん》が来るようになってからというもの、世の中が音を立てて変わっていく予感がある。

それでも、そこにあえて飛び込むつもりはない。

「どこの軍勢にせよ、高値の塩硝はそろえられまい。結局、合戦は弓、刀でやるのが安上がりだがや。若い者は銭をつかうことばかり考えるでいかん。敵一人殺すのに、そんなに銭を払えるものか」

親重が牽制《けんせい》して、さらにことばをつづけた。

「よいか。合戦も商売も同じだがや。まずは算盤《そろばん》をはじけ。勝つにしても、銭をつかいすぎては、利が残らぬ。敵を一人斃《たお》していくらの利があるか考えるがよい。兵を動かすのは、算盤玉をはじいてからにせよ」

黙ってやりとりを聞いていた信長が口をはさんだ。

「算盤がちがう」

「なんだ。どうちがう？」

「鉄炮の玉一発が、たとえ米一石《こく》だとしても安い」

信長が眦《まなじり》をつり上げている。

「どうしてそんな算盤になる？」

親重が鼻翼をひらいて信長を睨みつけた。犬なら牙《きば》を剝《む》いているところだ。銭にとことん執着《しゅうじゃく》があるらしい。

「算盤を貸せ」

信長が顎《あご》をしゃくった。

生駒家の若党が、信長に算盤をさしだした。吝嗇《りんしょく》さが手垢《てあか》となって黒光りしているような算盤だ。

「わしなら、こうして使う」

算盤をふった信長が、それをすとんと横に立てた。小気味よい音がして玉が落ちた。

こんどは逆にして立てた。玉が逆に落ちた。

算盤など、いちいちはじいていては、それこそ利が立たぬ——とでも言いたげな顔を信長はしている。

親重が舌を鳴らした。

「そんな算盤があるものか」

「銭ではない。人の算盤よ。人は勢いがつけば、そちらに目が向く、そちらになびく。鉄炮はその勢いの渦をつくる種だ。銭はあとからついてくる」

信長は、ときに意表をついた発想でまわりを驚かせる。

「親父《おやじ》殿が死んで、わしにはようわかった。人は大きな寄る辺《べ》を欲しがる生き物だ」

二年前、信長の父織田信秀《のぶひで》が亡くなり、信長の後見役だった宿老たちが離反した。信長をかばうどころか、旗をあげて信長にはむかってきた。常人ならば、人心のうつろいやすさを嘆くところだが、信長は、そこから人間心理の原則を読みとったらしい。

——人は信じられぬ。

ではなく、

——人はすぐに転がる。

と感じとった。

さらに、

——ならば、転がす術《すべ》を手に入れるべし。

そのように人のこころを読み解いたのだ。

「寄る辺を欲しがるのが人ならば、つくってやればよい。鉄炮ならばなによりもわかりやすい」

信長の言にうなずいたのは、一巴だった。寡黙な信長が、なにを考えているか、一巴にはよくわかる。

「たしかにそのとおりだ。人が転がりやすいようにしてやればよい。さすれば、人が集まり、銭が集まる。生駒の親父殿のように、銭だけ勘定しておっては、いつか蔵ごともっていかれるがや」

一巴が鉄炮を教えはじめたころの信長は、血の熱い少年だった。長ずるにおよんで、熱さより、冷徹さがにじむようになった。いまの信長は、冷ややかに人のこころを計算している。

親重が、眉間《みけん》にしわを寄せて信長を睨みつけた。

信長が睨み返した。

目の力は、信長が一枚上だ。

信長は、美濃《みの》の斎藤道三《さいとうどうさん》の娘帰蝶《きちよう》を正室として那古野《なごや》城に迎えているが、ちかごろ頻繁にこの生駒屋敷に出入りして、親重の娘吉乃《きつの》とねんごろになっている。いちど嫁に行ったが、夫が戦死したため屋敷にもどっていた。

それは、恋の血ゆえではなく、凍《い》てついた計算があってのことだったのか。

「おみゃあという男は、生駒の家をどうするつもりだがや」

「どうにもせぬ。尾張の地べたと木曾川があっての生駒に織田」

ふたつの家は一蓮托生《いちれんたくしょう》だといわんばかりの言い草である。

一巴は、われ知らずうなずいてから、はっとした。どうやら、信長が巻き起こした渦に、いの一番に巻き込まれているのは自分らしい。

「生駒の家とこの織田上総介《かずさのすけ》殿が手を組めば、人が集まる。銭も集まる。荷駄隊は安んじて、京《きょう》、堺《さかい》に荷が運べる。仲違いすれば、互いに力をなくし、尾張はいつまでたっても戦乱のまま。清洲《きよす》、岩倉《いわくら》、犬山《いぬやま》、どの織田家にも、尾張を統《す》べる才覚はあるまい」

まくしたてた一巴に、親重が腕を組んだ。たしかにそのとおりだと思っている顔だ。

唇を嚙《か》んだ親重が信長を見すえた。信長は口をへの字に結んで目をそらさない。

「それでは、いくら銭があっても足らぬの。いま一万貫や二万貫なら、たしかに用意できる。しかし、それで終わりだ。あとの銭はどこにある？　もううちの蔵にはないぞ」

「兵に荷を運ばせる」

信長のことばに、膝《ひざ》を打ったのは一巴である。

「それは妙案。兵に荷駄を運ばせれば銭が稼げ、しかも、よい鍛錬になる。御屋形《おやかた》様、よくぞ、それを思いつかれた。兵に銭を稼がせるとは、前代未聞の思いつき」

鉄炮の戦術だけを考えていた一巴には、信長の思考がことのほか新鮮であった。

故郷に百姓の仕事をもった兵は、どうしても命を惜しみ、戦場でのはたらきが悪い。死にもの狂いで戦わせようと調練をくり返しているが、田植えの季節、稲刈りの季節をむかえると、気もそぞろで合戦どころではない。

兵を農と切りはなせば、精鋭部隊ができるであろう。信長の兵は最強となる。

「塩硝や鉛とて、いつまでも高値で買うつもりはない」

信長のことばに、一同が顔を見合わせた。

「どうするつもりだ?」

親重がたずねた。

信長が算盤を手にとり、音を立ててふった。こんどは、裏返して床をすべらせた。算盤は板の間の端まですべって、縁側から庭に飛び出した。

「買い付けの船を出せばよい」

「船を、どこに出すのだ……」

親重が目を細めた。それは、もっと銭のかかる話だと顔に書いてある。

「南蛮まで買いに行く」

信長がはっきりつぶやいた。

「南蛮じゃと……。そんな夢物語をほざいてどうする」

あきれ顔の親重が、首をふった。

「塩硝は、土中に埋まっておる」

信長はそこでことばを切ったが、一巴にはつづきが聞こえた。

――そんなものに、山でいくらの銭を払う。明の商人は、親重より
もっと吝《しわ》いぞ。

そう言いたげだ。

もともと土の中にあるものなら、現地では安い値で買えるはずである。

実際のところ、硝石の利幅は大きく、明国内の湊《みなと》でさえ、産地の二十倍で取引されていた。荒海を運んできた男たち、また堺でそれを独占する商人たちが、さらに利を貪《むさぼ》っている――。そういう噂《うわさ》だが、たしかな話だろうと一巴は思っていた。

「南蛮まではとても行けまい。明へも行けんぞ。船を仕立てたとしても、海禁がある。海賊がいる。明の官吏はごまかせても、海賊ども

の餌食《えじき》になるのがおちだがや」

親重が顔をくもらせた。

倭寇《わこう》たちの跳梁跋扈《ちょうりょうばっこ》に業を煮やした明国政府は、このところ海禁政策を布《し》いている。

そのあおりで、正式な勘合《かんごう》の貿易は、すでに何年も途絶えている。海禁政策をおかして塩硝を運んでくるのは、福建《ふっけん》や浙江《せっこう》あたりのならず者たちだ。彼らが、自分たちの縄張りを荒らされて黙っているはずがない。

一巴は膝をすすめた。

「明まで行かずともよい。堺の商人をとおさず明人から直接買うことができれば、よほど安く手に入れられる。九州、いや、種子島《たねがしま》、琉《りゅう》球《きゅう》まで行くがや」

これまで、すべての塩硝は堺の商人から買っていた。彼らがどれだけ莫大《ばくだい》な利ざやを稼いでいるか。明に行けずとも、できるだけ近づけば、値が安くなる。

「船を出し、塩硝と鉛を満載して帰れば、百万発の玉が放てる。村木砦を落とすのに時間がかかったのは、なにより、玉と玉薬が足りなんだせいだ。これからの合戦は、鉄炮を放つ者が強い。ということは……」

一巴があらためて親重を見つめてからつづけた。

「南蛮との商売ができる者が強いということだ」

口にして、一巴は興奮した。それが、まさに未来であると信じた。

「そう簡単にゆくものか……」

親重が顔をしかめた。

「ともあれ、わしは塩硝を買い付けに行ってくる。銭は出してもらうぞ」

一巴の目の光の強さに、親重は口の端を大きくゆがめて唸《うな》った。

四

橋本一巴《はしもといっぱ》は、織田信長《おだのぶなが》を生駒《いこま》屋敷から那古野《なごや》城に送りとどけると、片原一色《かたはらいしき》の城館にもどった。

そこが一巴の持ち城である。

那古野城から北西へ三里（一二キロメートル）。あたりはひろびろとした平原である。夜明けとともに那古野の城を出て、気持ちよい春の陽射《ひざ》しのなか、馬を駆けさせた。

城館に着くと、一巴はまず丸太組みの櫓《やぐら》にのぼった。

見わたすかぎりの春の平原に、草木が芽吹いている。緑が淡い。地平線がほのぼのの霞《かす》んでいる。

――片原一色は、平穏だ。

一巴は、胸をなでおろした。なによりも、それを望んでいる。

とりとめもなくひろがる尾張《おわり》の春は、こころに、恋にも似たそぞろなさざ波を立てる。生きていることが嬉《うれ》しくてたまらなくなる。

この館《やかた》で一巴は生まれそだった。

わずか一町《ちょう》（一〇九メートル）四方のちいさな城館だ。生駒家の豪壮な屋敷とはくらべるべくもないが、それでも土居《どい》をかきあげ、櫓を建て、地つきの領主としてひととおりのかまえはできている。

先祖は、南北朝の戦乱のころ、吉野《よしの》からここに落ちのびてきたと聞いている。南朝に味方していたので、畿内にいられなくなったらしい。山ばかりの吉野にいた先祖が、この地にたどりついたのは春だったのではないだろうか。この平原の春が気に入って、ここを選んだ――。一巴にはそう思えてならない。それほど平原の春はやわらかく気持ちがよい。

橋本の家には、この片原一色の館のほか、ちかくの三宅《みやけ》、儀長《ぎちょう》、矢《や》合《わせ》に城館があり、それぞれに一巴の弟が陣取っている。父と母は亡くなって久しい。

あたり一帯は、米より野菜や桑の木にむいた乾いた土地だが、それでもあちこち合わせれば米が六千石《ごく》ばかり穫《と》れる。領地に住む農民が女こどもまでふくめて五千人。家の子郎党《ろうとう》が、ぜんぶの城をあわせて百人ほどいる。みな、よく精を出すはたらき者だ。

一巴は、櫓の上にすわって、自分の領地をながめているうちに、うとうと寝入った。村木砦《むらきとりで》の合戦で、よほどくたびれていたらしい。

うたたねをして、夢を見た。

春の田で、苗を植える夢だ。すべての合戦が終わったら、自分で田を耕してみたいと思っている。そんな日を夢に見ていた——。

「宴《うたげ》のしたくが調いましたでや」

大声に目をさました。櫓の下で金井与助《かねいよすけ》がさけんでいた。

与助は何代も前から橋本家の郎党頭《ろうとうがしら》だ。ふだんはとろりとした目の男だが、若い者をたばねる力がある。鉄炮《てっぽう》もよく当てる。

館の広間に、弟たちがそろっていた。村木砦の合戦のあと、ゆっくりと酒を酌《く》み交わすのは、今日が初めてだ。

「まずは、戦勝のこと、祝着至極《しゅうちゃくしごく》に存じます」

一巴の弟吉二《きちじ》が言祝《ことほ》ぎ、一同が盃《さかずき》をあげて濁り酒をほした。初献《しょこん》に勝栗《かちぐり》を食べ、二献に打《う》ち鮑《あわび》を齧《かじ》る。三献目は昆布をしゃぶって酒をすすった。

手柄話がひとめぐりすると、やはり鉄炮の話になった。

「思うたほど役に立たなんだな。兄者は、鉄炮があれば、半刻《はんとき》ばかりであんな砦は落とせるというておったではないか」

盃をほした吉二がつぶやいた。

四人の兄弟はともに鉄炮の上手《じょうず》だが、微妙に温度差がある。

吉二は、もともと弓が得意で、鉄炮の力にはいささか懐疑的だった。

それでも、鉄炮衆の組頭《くみがしら》であることが得意らしく、足軽たちに熱心に稽古《けいこ》をつけている。

三蔵《さんぞう》は、一巴のつぎに鉄炮が上手だが、無口な男でなにを考えているかよくわからない。鉄炮の戦略をどうこう考えるより、自分の射撃が上達することに関心があるらしい。

志郎《しろう》は、村木の合戦で左の目玉を無くした。目に貼《は》った膏薬《こうやく》が痛々しいが、大あぐらをかいて盃をあおっている。

「いや、鉄炮がなければ、あの砦は落とせなんだであろう。なんというても、これからは鉄炮がなければ、いくさにはならんがや」

志郎は、一巴同様、鉄炮の重要性を認めている。

「ばかな、あの砦が落ちたのは、みなが命を捨てて飛び込んだからだがや。それを忘れるなよ」

吉二の言い分にも理がある。いくら鉄炮の玉をあびせても、それだけで砦が落ちるわけではない。どのみち最後は刀を抜いた将兵が飛び込んで斬《き》り結ばねばならぬ。

「しかし、先に鉄炮を放っておいたので、駆け込むのが楽になった。鉄炮がなければ、味方にもっと死人がでておったぞ」

志郎が反論した。

「いや、値の高さからすれば、あれくらいの働きでは不足だがや。玉や塩硝とあわせて三千貫も使《つこ》うたのであろう。それだけ銭があれば足軽が千人は雇える。千人の足軽を駆け込ませてみよ、どれだけの力となるか。あんな砦、まことに半刻で落とせるわ」

吉二は、鉄炮より生身の兵の力に固執している。

「百姓を何千人集めたところで力になるものか。しかも足軽ならば毎年それだけかかる。具足も槍《やり》も用意せねばならぬ。鉄炮の代金は一度払えばそれで終わりだ」

志郎が突っぱねた。

「玉と玉薬《たまぐすり》がどえりゃあ高いではないか」

鉄炮が役に立つのか立たぬのか、その議論はなかなか定まらない。

「上総介殿《かずさのすけ》からの恩賞は出んのであろうな」

三蔵のつぶやきに、一巴はうなずくしかない。

「われらの土地に入り込んできた今川《いまがわ》を追い返しただけのこと。恩賞がほしくば、今川を切りとるしかない」

「されば、ただ働きだがや。鉄炮も玉薬も補充はできぬわな。生駒は銭を出すと言うたのか」

吉二の問いかけに、一巴がうなずいた。

「ああ、出させる。出さねば生駒がなくなると言うてやった」

ただし、銭高のほどは期待できまい。生駒親重《ちかしげ》の渋さは筋金入りだ。銭はいずれ自分たちで稼いだほうがよい。生駒がやっていることを橋本の家でやればいいことだ。

「あまり銭ばかりせびると、信長殿は生駒からも見かぎられるがや。生駒の後《うし》ろ盾《だて》がなくなれば、信長殿は明日にでも転ぶぞ。そんな者をいつまでも御屋形様《おやかた》と奉ってはおれまい。清洲《きよす》か岩倉《いわくら》のほうがずっと利口でや」

聞き捨てならないことを吉二が口にした。たしかに信長にはあやういところがある。

「ここまでくれば一蓮托生《いちれんたくしょう》。転ぶときはいっしょに転ぶしかあるまい」

一巴は、おのが覚悟を口にした。いま、尾張で求心力をもてる棟《とう》梁《りょう》は、信長しかあるまいと考えている。

――一巴自身は？

と、考えぬでもなかった。しかし、そうするには信長を亡き者にせねばならぬ。

そんな非道は一巴好みの生き方ではない。

橋本の家は、信長の父織田信秀《のぶひで》の力を頼ってきた。それなりの恩義を感じている。

「たしかに信秀殿には恩を受けたが、その分、たんと働いてきた。算盤《そろばん》勘定は貸し借りなしであろう」

吉二の言うように、信長に代替わりしてしまえば、義理を通す理由はうすい。

「しかし、ではほかにどこにつく。われらのように非力な地侍が生きていくには、大樹を頼るほかなかろう」

一巴のことばに、兄弟が黙った。

尾張の情勢は錯綜《さくそう》している。清洲城主も岩倉城主も、おなじ尾張守護代織田の一族でありながら、隙《すき》あらば、互いに城を奪取しようと狙《ねら》っている。

そんな織田一族の確執に、大商人の権益がからみあっている。

尾張の大商人は二家ある。

ひとつが木曾《きそ》川上流で商いをする生駒家。

もうひとつは、中流から下流、尾張対岸の伊勢桑名《いせくわな》までを商圏とする津島《つしま》商人堀田《ほった》家。

現在、名古屋の西にある津島神社のそばに木曾川は流れていないが、天正《てんしょう》年間（一五七三〜九二）に、洪水で流れが変わる前はここに川舟の湊《みなと》があった。

生駒家と堀田家は、それぞれに数千人の川並衆《かわなみしゅう》を擁し、木曾川の川舟で米穀、干し魚などの食品から陶器、漆器、織物、武具にいたるまであらゆる産物を運搬している。

信長の父信秀は津島商人の権益をまもる見返りにばくだいな軍費を得ていた。

信秀が病に斃《たお》れ、津島商人たちは、美濃《みの》の斎藤道三《さいとうどうさん》に後ろ盾をもとめた。津島商人筆頭の堀田道空《どうくう》などは、道三の家老格として出入りしている。うつけの信長では、とてものこと権益を守ってもらえぬと判断したのである。だからこそ信長はちかごろしきりと生駒家にちかづいている。

「兄者と信長殿は、たがいに鉄炮うつけ同士。地獄の底までいっしょに行けばよい。わしはごめんだ」

吉二が毒づいた。この男は、かねてから清洲とむすぶべきだと論じている。

橋本の四兄弟が、信長と心中するいわれはない。いくばくかの恩と義理はあるにせよ、そんなものは反故《ほご》にしたところでなにほどのこともない。

織田家同士がいがみあう隙をねらって、駿河《するが》の今川が兵を送り込んでくる。

信長は、父の信秀から尾張の下四郡《しもしぐん》を受けついだが、これからも生き残れるという保証はどこにもない。信長と橋本家の足元があぶないことは一巴自身がいちばん認識している。

「鉄炮もよいが、銭がなければ玉が放てまい。どうすることもできまいて」

吉二がたたみかけた。

今日は、三人の弟と郎党頭の与助に、きびしい話をしなければならない。

「じつはな、御屋形様から、言われたことがある」

盃を置いた一巴が切り出すと、座がしずまった。

「なんじゃあ、あらたまって」

一座の目が、一巴にそそがれている。

「おまえらは、組頭の任をとかれた。わしの鉄炮頭はそのままだ。これからおまえたちは、わし直属の組に入って動けとのお達しであった」

しばらくの沈黙のあと、吉二が口を開いた。

「それ見たことか。信長なんぞとは、早々にたもとを分かつのが利口じゃ。このままでは、使うだけ使われて、捨てられるでや」

「いや、わしが御屋形様でもそうする。これまでは、わしらに一日《いちじつ》の長があったゆえ、調練をまかされておったばかり。実戦を経てみれば、なによりも、鉄炮の数が多い御屋形様のもとに組頭がおらねばなるまい。御屋形様が大きくなるには、そのほうがよい。これからは、ただ鉄炮を放つだけでは認められぬ。もっともっと、炮術《ほうじゅつ》の工夫が必要だ」

橋本の家が炮術師として生き残るためには、さらなる知恵が必要だ。どうすれば鉄炮で大きな渦が巻き起こせるのか――。

「しかしな、あまりといえばあまりではないか。いきなり組頭をはずすとは……」

「いや、それは仕方あるまい」

「そもそも、鉄炮なんぞに手を染めねばよかった」

「いまさらなにを……」

兄弟が口々に声をはりあげた。収拾がつかない。幼いときの兄弟喧《げん》嘩《か》のようだ。

これ以上話をすれば、つかみ合いになりそうだった。

庭で、笛の音がひびいた――。

嫁のあやが笛を吹き、幼いせがれたちが鎌《かま》を打ち鳴らしてあらわれた。与助が庭に飛び出し、郎党から派手な花柄の小袖《こそで》をかりて踊りはじめた。

津島牛頭天王社《ごずてんのうしゃ》の女踊りだ。

「けっ。こんなときに」

吉二は不満顔ながら、口を閉ざした。志郎が手拍子を叩《たた》いた。剽《ひょう》げた踊りを郎党たちが取り囲んでいる。笑いが生まれ、一座がなごんだ。

――ありがたい嫁だ。

にぎやかな歌と踊りがあふれ、戦勝の祝いにふさわしい宴になった。

一巴は大きな盃で酒をあおった。合戦の緊張がようやくほどけ、陶然たる酔いが全身にまわった。

目をさますと、あたりは暗かった。いつのまにか搔巻《かいまき》がかけてある。昼間の酒に酔って眠り込んでしまったのだ。板敷きの座敷がきれいに片づいている。

小さな灯明《とうみょう》のもとで嫁のあやが縫い物をしている。

「みなは、どうした」

「暗くなる前に、お帰りあそばしました」

一巴は顔をなでた。ねっとりと脂《あぶら》ぎっている。からだの芯《しん》に、どろどろした疲れが蓄積している。合戦で敵を撃《う》ち殺すごとに、からだに悪い毒が溜《た》まる気がする。

「お水を召しあがりますか」

「ああ、頼もう」

あやが持ってきた碗《わん》の水は冷たく、喉《のど》に流し込むと気持ちが冴《さ》えた。

もう一杯たのむと、すでに盆のうえに用意してあった。なにごとにも
よく気のつく女である。

「薄縁《うすべり》が敷いてございます。こちらでお休みください」

「そうしよう」

一巴は直垂《ひたたれ》の紐《ひも》をほどいた。手伝うあやのうなじが夜気にあまく薫
った。

「お休みなさいませ」

手をついて、あやがさがろうとした。

「待て……」

あやが顔をあげた。

「灯明のよこに、立ちなさい」

「はい」

なぜ、と、この女は訊《き》いたことがない。

「着物を脱ぐがよい」

「はい……」

灯明に照らされたあやは下唇を噛《か》んだ。恥ずかしさをこらえているのだ。すくうような上目づかいで、こちらを見ている。

目でうながした。

小さくうなずいて帯を解《と》くと、薄紅色の花もようの小袖が、撫《な》でるような肩からすべり落ちた。

一巴は目で、つぎをうながした。下に着ていた白小袖が床に落ちると、かたちのよい乳房があらわになった。両腕で乳房をかくした。いた。

「湯文字をとれ」

あやは諦《あきら》めたようにうつむいてまぶたを閉じ、鴇《とき》色の布の紐をほどいた。

指をはなすと、衣擦《きぬず》れの音とともに湯文字が落ちて、白い裸身があらわれた。身をよじって恥ずかしがっている。

背の高いあやは、観音像のごとくなだらかな腰つきをしている。一巴の子を三人も産んだというのに、むだな肉がなく、嫁にきたときのままのしなやかなからだだ。白い裸身に垂れた黒髪が匂《にお》いたつ。

「南蛮《なんばん》に、マリア観音というおなごの神がおわす。わしは、堺《さかい》で絵姿を拝んだ。おまえによう似た端整なお顔であった」

生きるか死ぬかの合戦をくぐり抜けてみれば、女のやわ肌がなによりも愛《いと》おしい。

若いころの一巴は、女に目がなかった。男ぶりがよいといわれ、体が逞《たくま》しいので、どこの娘でも、後家でも、夜這《よば》いをかけるとよろこんでむかえてくれた。

あやを嫁にして、ぴたりと女道楽がおさまった。

なにしろ、一巴は、わが嫁より美しく、おだやかでやさしい女に出《で》逢《あ》ったことがない。まことに天女より上品《じょうぼん》な女であると惚《ほ》れきっている。
立ったままのあやを抱きしめた。
首筋があまく匂った。顎《あご》に指をかけて顔をあげさせ、唇を吸った。
あやは初めての夜のように羞恥《しゅうち》にふるえた。
「おまえさま。よう生きてもどられました……」
あやの肌が火照《ほて》っている。
一巴はその肌が愛おしくてたまらず、そっと薄縁に寝かせて唇をはわせた。

ぐっすり眠った一巴は、さわやかに目ざめた。庭で小鳥がさえずっている。全身の筋肉に力が漲《みなぎ》っている。

褥《しとね》のとなりに、あやはいなかった。朝餉《あさげ》のしたくに起きたらしい。

井戸端で水を浴び、からだをぬぐうと、春の青空がすがすがしい。

風がからだを清めて吹きすぎた。

あかるい縹《はなだ》色の小袖がそろえてあった。袖をとおすと、糊《のり》がさらりときいていて気持ちよかった。

愛用の鉄炮を手に、縁側に大あぐらをかいた。

六匁《もんめ》玉（二二・五グラム　口径一六ミリ）の筒である。国友《くにとも》の鍛《か》冶《じ》に特別に注文して銃身を厚く鍛えさせてある。重いぶん安定がよく、発射の衝撃を吸収してくれる。

目釘《めくぎ》を二本抜いて銃床から銃身をはずした。

ずっしり重い八角の銃身は、鉄が黒光りしている。銃尾から筒先へとゆっくりと細くなり、筒先の四寸ばかりで、またほんのわずかに太くなっている。

尾栓《びせん》のねじを回転させて抜いた。尾栓は、指だけで軽くまわった。合戦が終わってから、すぐ手入れして油を塗っておいた。

筒先を外の陽光に向け、中をのぞいた。

丹念に研磨した筒の内側は、鉄が鏡より艶《つや》やかに光っている。青空を反射して輝いている。

筒のなかに、いくつもの光の輪が、虹《にじ》色の同心円となって見えるのは、筒先からさし込んだ光が規則正しく屈折しているからだ。筒の内部にわずかのゆがみもないからこそ、同心円がいくつも正確に重なる。緻密《ちみつ》に研磨してあればこそ、遠くの標的にも正確に的中させられる。

この筒は、国友鍛冶でもいちばん腕のよい藤兵衛《とうべえ》の作だ。その藤兵衛が張り立てたなかでも、ことのほか出来がよい。

丁子油《ちょうじあぶら》をたっぷり染ませた木綿布を槊杖《カルカ》にからめ、ゆっくり筒の内側をぬぐった。やさしくあつかえば、わずかの疵《きず》があっても、手の感触でわかる。

村木砦の攻撃で、何十発も玉を放ったのに、あとで玉薬の煤《すす》を洗い流してみると、筒の内部はまるで疵がなかった。よい鉄をつかい、精妙に張り立ててあればこその頑健さだ。

「おはようございます」

「ああ、早いな」

あやがいたずらそうに微笑《ほほえ》み、下唇を嚙んで見せた。昨夜のことが嬉しかったのだ。一巴も満ち足りている。

「しばらく出かけてくる。留守をたのむぞ」

「はい。生駒さまのご用ですか」

「いや、わしの用事だ。すこし長《なご》うなるかもしれん」

「お気をつけて行ってらっしゃいまし」

一巴は、尾栓をねじ込んでぴたりと閉じた。台座をはめ、目釘で固定すると、鉄炮を縁側でかまえた。

朝日に狙いをさだめて、引き金をしぼった。

真鍮《しんちゅう》の火挟《ひばさみ》が落ちて、乾いた金属音をたてた。

——この筒で、かならずや。

嫁のあやと、尾張の民草《たみくさ》に、安寧《あんねい》な日々をもたらすのだと腹に決めた。

五

橋本一巴《はしもといっぱ》は、木曾《きそ》川をわたって西に向かった。

革袴《かわばかま》の旅姿である。馬の背にゆられ、関ヶ原《せきがはら》を抜けた。

金井与助《かないよすけ》ら郎党《ろうとう》五人を供につれている。

狭い谷を抜け、どっしりと大きい伊吹山《いぶきやま》のふもとを過ぎると、目の前がひろびろと開けた。

湖国近江《おうみ》である。

近江の国友《くにとも》はにおの海（琵琶《びわ》湖）の北東にある小さな村だが、数十軒の鉄炮鍛冶《てっぽうかじ》がある。村の辻《つじ》に軒をならべる鍛冶場はどこも大勢の職人をかかえ、鎚音《つちおと》をひびかせている。

最近はまた鉄炮を張り立てる鍛冶の数がふえたらしい。

一巴は、国友藤兵衛《とうべえ》の鍛冶場をたずねた。

声をかけたが、鎚音にかき消された。かまわず、戸が開いたままの鍛冶場に入った。

火床《ほど》に真っ赤な炭火が熾《おこ》っている。

藤兵衛が、鉄敷《かなしき》の前にすわり、弟子に大鎚を振るわせている。

鉄敷にのっているのは、真っ赤に灼《や》けた鉄の棒だ。

鉄炮を張り立てるには、まず、円柱の芯棒《しんぼう》に長方形の鉄板を巻いて筒にする。その外側に一寸幅の細長い鉄板をくるくると葛《かずら》巻きに巻き付け、銃身を張り立てる。

細長い鉄板は火床で山吹色に沸かしてある。

その板を、内側の筒に鍛着《たんちゃく》させる。

藤兵衛が筒をすこしずつ回転させると、弟子が大鎚を小刻みに振るい、板を締めつけるように叩《たた》く。端から螺旋《らせん》に巻き付け、張り立てていく。

「気を抜くな」

藤兵衛が弟子を叱《しか》りとばすと、鎚音が冴《さ》えて鋭くなった。

細長い板を最後まで巻き締めると、藤兵衛は筒を火床にもどした。

鞴《ふいご》で風を送り、しばらく熱してから、こんどは二人の弟子に大鎚で強く打たせた。

見ているあいだに、だんだん鉄炮らしくなってくるのが不思議だった。

一段落して顔をあげた藤兵衛が笑顔になった。

「そろそろお見えになるころだと思うておりました」

藤兵衛は気骨のある職人だ。見かけは顎《あご》が角張っていかめしいが、一厘《りん》一毛《もう》の狂いを許さぬ繊細な感覚をもっている。腕の立つ鍛冶が多い国友のなかでも、一巴は藤兵衛の張り立てる筒がことのほか気に入っている。二百挺《ちょう》を張り立てさせたときは、藤兵衛を元締めとして、国友の鍛冶に仕事を分散させた。藤兵衛が筒の出来を確認して、すこしでも悪いものは除いたので、すべてよい筒ばかりがそろった。

「できておるのか」

「さきほど組みあげたばかり。よいころあいにおいでなさいますな」
この鍛冶場で筒として張り立てた銃身は、となりの仕上げ場で筒の内側を丹念に磨き、外側をせんで削って、きれいな八角に成形する。成形した筒は、白樫《しらかし》の材で銃床をつくる台師にまわす。銃床ができると、さらに真鍮《しんちゅう》で引き金や火挟《ひばさみ》などの機関部をつくるからくり師にまわして部品をつくらせ、最後に、またこの工房で、具合よく組み立てる。

奥に引っ込んだ藤兵衛が一挺の筒を持ってあらわれた。

一巴は、さしだされた鉄炮を受けとると、じっくりと点検した。注文しておいた細めの三匁《もんめ》半玉（一三グラム　口径一三ミリ）の筒だ。六匁玉の筒が人差し指の穴なら、こっちは小指ほどの穴しか開いていない。

「このごろは太い筒の注文が多い。細くせよというたのは橋本様くらいでござるよ」

「塩硝が払底しておる。筒が細ければそれだけ玉薬《たまぐすり》が少なくてすむ。そう思うて、細い筒を試してみる気になった」

一巴は鉄炮をかまえた。いつも愛用している六匁の筒とくらべるとはるかに軽く狙《ねら》いがつけやすい。

「これくらい軽ければ鉄炮を腰に差して走れる。鉄炮衆が自在に戦場を駆けまわれる」

重い鉄炮は機動性が悪い。その点をどう克服するかがひとつの課題だった。

「鉄炮衆を駆けさせてどうなさる」

「敵のそばまで駆けて、また撃《う》つ。駆けて撃ち、撃ってまた駆ける。二百人の鉄炮衆がそれをくり返せば、わしらの前に敵はひとりも残らぬぞ」

種子島《たねがしま》に初めてわたってきた鉄炮は、八匁玉（三〇グラム　口径一七ミリ）の筒だった。堺《さかい》の鍛冶たちは、それを真似《まね》て六匁玉から十匁玉（三七・五グラム　口径一八ミリ）の筒をこしらえた。

いまの織田信長《おだのぶなが》軍に、二百挺配備されているのは六匁玉の筒である。

よい筒だが、持って走るにはいささか重い。

鉄炮衆は御貸《おかし》具足を着て鉄の陣笠《じんがさ》をかぶり、背に永楽銭《えいらくせん》の指物《さしもの》を立て、兵糧《ひょうろう》袋を肩からたすきにかけ、腰に刀を差している。そのうえの鉄炮だ。軽くなければ、すぐにへたばってしまう。

これからは、細い筒こそ増やすべきだと、一巴は考えている。

重量のある鉄炮は狙撃《そげき》用、あるいは攻城用、籠城《ろうじょう》用に威力を発揮しても、野外での遭遇戦では出鼻をくじく以上の戦術につかえない。鉄炮を小型軽量化することで機動力を高め、その欠点がおぎなえないかと一巴は考えていた。実際のところ、村木砦《むらきとりで》の合戦では、鉄炮衆に機動力が乏しかった。その反省が、新しい筒を模索させている。

「とにかく、試してみよう」

村はずれの姉川《あねがわ》の川原に試射場がある。百歩むこうの杭《くい》に古い胴丸《どうまる》をつるした。

玉薬と玉をこめて槊杖《カルカ》で突き、火皿に口薬《こうやく》（着火用の細かい火薬）をそそいで、いったん火蓋《ひぶた》を閉じ、火縄をつがえた。

立ち撃ちにかまえた。

火蓋を切って銃床を頬《ほお》につけると、すり割り式の目当ての上に、胴丸の胴をとらえた。

――白一線。

と称して、目当てと標的のあいだを細い線一本分だけあける。まだ照準をあわせていない鉄炮は、まず、その照準で玉の飛び具合を確認する。

腋《わき》を締め左腕をしっかり固定して筒先のぶれを止めると、静かに引き金をしぼった。

——寒夜《さむよ》に霜を聞くごとく。

あくまでも静かにしぼるのが要諦《ようてい》である。

かろやかに火挟が落ちた。

炸裂《さくれつ》音とともに閃光《せんこう》がはしった。白煙のむこうの胴丸がゆれた。裾《すそ》板《いた》に当たっていた。照準にはまったく狂いがない。

つづけて玉を込め、胴丸の真ん中を狙って四発放った。

耳の奥がしびれて鳴っている。どの玉も正確に的中したはずだ。

杭まで走って、標的をたしかめた。鍛鉄《たんてつ》の板に漆《うるし》を塗った札板《さねいた》を絲《いと》で威《おど》したごくふつうの胴丸である。札板に小指の先ほどの穴が四つ開いている。

「これなら存分に戦える。細い筒でも鉄をうがつ力は強い。六匁玉以上だ」

杭がボロボロにささくれている。予期していた以上の貫通力があった。小さな玉ほど力を凝縮して標的にぶつかるのだ。

藤兵衛がうかぬ顔を見せた。

「ちかごろ国友ではめずらしいものをつくる甲冑師《かっちゅうし》がおります」

「はて、なんであろうな」

一巴は首をかしげた。

「あれを出せ」

弟子が黒塗りの鎧櫃《よろいびつ》をはこんできた。中から真新しい胴丸をとりだした。

その胴には一本の絲もつかってない。真っ黒い桶《おけ》のように鉄板がはぎ合わせてある。

「こんな胴は、初めて見た」

目を瞠《みは》って、一巴は拳《こぶし》で鉄板を叩いた。鉄の鍛えがよく頑丈そうだ。鉄板と鉄板が鋲《びょう》を打ってとめてある。

「桶に似ているので桶側胴《おけがわどう》と称しております。古い胴丸では、鉄炮の餌食《えじき》になりやすい。これならば、鉄炮の玉でもはじくそうな」

一巴は押し黙った。こちらがひとつ考えれば、敵もひとつ考えるのだ。

「鉄炮衆をそなえているのは信長殿だけではありませぬ。あちこちから国友に注文が舞い込んでおります。いっぽうで鉄炮の玉を通さぬ甲冑の注文がくるようになりもうした」

思っていた以上に、世の流れが早い。先頭切って駆けていたつもりだが、うかうかしていると、たちまち後《おく》れをとることになる。

「これを撃ってかまわぬか」

「お試しなさるがよい」

藤兵衛の弟子が杭に桶側胴をつるした。

百歩の距離で三匁半玉を試してみた。首の骨をひとつ鳴らして筒をかまえ、わざと胴のわきを狙って引き金をしぼると、玉薬が炸裂する轟音《ごうおん》のなかに鋭い金属音がまじって聞こえた。

「はじかれましたな」

一巴は目をこらして標的を見た。穴は開いていない。筒をかまえなおし、こんどは胴の真ん中を狙った。

手応えがあった。命中するときは、引き金をひいた瞬間にそうとわかる。目をこらすと胴に穴が開いているのが見えた。鉄炮の貫通力がまさっているのだ。

また正面をはずし、わずかにわきを狙った。

金属音がして、玉がはじかれた。

戦乱のなかで正確な射撃はむずかしい。胴の真ん中に当てるのは至難のわざだ。

「敵が近づくまでこらえてから放てばよい」

五十歩の距離で試すと、わきに当たっても鉄板に穴が開いた。

「鉄炮衆が、そこまでこらえられましょうか」

敵に近づけば近づくほど、むろん鉄炮は命中しやすいし、破壊力、殺傷力は増す。

しかし、一発で斃《たお》せなければ、すぐに敵が襲いかかってくる。鉄炮衆が恐怖心をこらえてそこまで我慢できるかどうか。そこが勝負の分かれ目であろう。恐怖心が高まれば手元は狂いやすい。

「ならば、玉薬を強めよう」

「しかし、それでは、やはり塩硝がたくさんいりますな」

一巴は奥歯を嚙《か》みしめた。賽《さい》の河原で石でも積んでいる気分だ。

兵たちは死なせたくない。

鉄炮衆の一人ひとりに、嫁もいれば子もいる。独り者にも、想い女《め》がいるであろう。おいそれと死なすわけにはいかない。

「こんどは銃身をいますこし長くして張り立ててくれ。これより二寸

（六センチ）ぐらいか。さすれば命中精度があがり、玉の威力も増すであろう。そのぶん根元の鉄をすこし薄くすれば、重さはさほど変わるまい」

下手《へた》な鍛冶が銃身の鉄を薄く張り立てれば筒が破裂する危険がある。藤兵衛なら絶妙の厚さに鍛えてくれるだろう。

「それはよい工夫かもしれませぬ。つぎはわずかに細く長く張り立ててみましょう」

藤兵衛がまばたきもせず胴の穴を見つめている。いつも豪放な藤兵衛が、今日はめずらしく気鬱《きうつ》げである。

「この桶側胴を見ておると、さまざまな思いが駆けめぐります」

一巴は目でつづきをうながした。

「鉄炮をそろえてよろこんでおれば、鉄炮玉を通さぬ鎧《よろい》ができます」

「ならば、それを通す鉄炮をそろえるまでのこと」

「すると、またそれを通さぬ鎧ができましょう」

藤兵衛が苦笑した。

「どこまでいっても、きりがないか」

「一巴殿は細筒で敵に駆け寄って放つことを考えなさった。しかし、こんなことを考える男もおりまする」

あでやかな金襴《きんらん》の鉄炮袋から、藤兵衛が真新しい筒をとりだした。

見た瞬間、一巴はぎょっとした。どっしりと太く短い筒である。その筒にくらべたら、三匁半玉の筒など、蚊《か》か虻《あぶ》ほどの威力しかあるまい。

「鬼の魔羅《まら》のごとき筒を張り立てよ、と、ふざけたことをいうて、自分で図面を描いていきおった」

黒光りする銃身は、根元が太く途中でくびれて先がまた太く張り立ててある。鬼神の魔羅ならたしかにこんな形をしているかもしれない。

その筒を両手でうけとり、一巴は目の高さにかまえた。重すぎて、膂《りょ》力《りょく》のある一巴でさえ狙いがつけられそうにない。射撃の反動もすさまじいはずだ。

「腹のわきにかかえて放つというておりました」

腰だめにかまえた。どっしりとした重さで沈み込み、たしかに安定した。

「三十匁玉（一一二・五グラム　口径二七ミリ）か」

「そのとおり。これなら城の壁が崩せますぞ」

「玉は、何町飛《と》ぶ」

十匁玉でも、飛ばすだけなら十町（約一キロメートル）は飛ぶ。名人が玉薬を強めれば、一町先の甲冑を撃ち貫く威力がある。こんなに太い筒なら……。

「二十町はなんでもありませぬ」

その距離で人に当てるのはむずかしかろうが、館《やかた》を狙えば屋根が壊れ柱が折れるはずだ。城の門を砕くには、おおいに役立つだろう。攻城戦の戦術を一変させる筒である。

「しかし、太い筒は玉薬もたくさんいる。塩硝がなければこんな筒は役に立つまい」

「塩硝にこまらぬ御仁からの注文でござる」

だれだ……、と、一巴は眉《まゆ》でたずねた。

「一巴殿にはたくさんの助言をもろうておりますゆえ、他言無用なれど内密に教えて進ぜましょう。紀州《きしゅう》の孫市《まごいち》という男でございます」

紀州雑賀《さいか》に孫市という地侍の領袖《りょうしゅう》がいて、鉄炮に精通し数をそろえているとの評判だ。おもに堺で筒を張り立てさせていたようだが、国友鍛冶の腕を聞きつけて注文したのだろう。しかし、こんなとんでもない筒を考えているとは。

「これがうまくいけば、こんどは五十匁玉を注文するというておりました」

一巴は唇を噛んだ。男は、鉄炮のことになるとむやみと気持ちが昂《たかぶ》る生き物らしい。

鉄炮の世界は踏み込むとあともどりができない。より強く、より大きく、より数多く……、どこまでも競り合い、鬩《せめ》ぎ合い、凌駕《りょうが》するしか敵の鉄炮衆に勝つすべはないのか。

「雑賀の孫市ばかりではありませぬ。甲斐《かい》の武田《たけだ》から二百挺、小田《お》原《だわら》の北条《ほうじょう》から三百挺の注文がきている。みな、数をそろえたがっております。これからいったいどんな合戦の世になるのやらと思うと、頭が熱っぽくなってきますする」

「鍛冶屋は繁盛してよかろう。蔵がいくつも建つ」

「栓《せん》ないこと。わしの鍛えた鉄炮で勝ちをとってほしい。負けたとなれば鍛冶の名折れでござるよ」

いくさだ。勝つ者がいれば、負ける者がいる。負ければ、命が露と消える――。

「なんとしても、このわしが勝ちを手にしてみせよう」

「鉄炮のこと、どんな筒をつくるか、どんないくさをするか、まだいくらも工夫が必要でございましょう。とくと思案なされればこれほど役に立つ筒はない。橋本殿ひきいる織田鉄炮衆が天下に覇《は》をとなえるのも夢物語ではないはず」

「そう思えばこそ、玉薬を惜しげもなくつかわせて腕を鍛えさせておる」

「筒を細く長くするとの工夫、なかなかと存じた。細ければだれでも自在にあやつれる。これからにわかに百姓をあつめて鉄炮衆とするなら、細筒がなによりでござろう」

「それにしても塩硝が足りぬ。国友にはでまわっておるか」

「ちかごろは値ばかり上がって品物がまったくないと聞きます。堺にもないそうな」

一巴は西の空を見つめた。塩硝を産するのは、はるか西方の明《みん》か天《てん》竺《じく》だという。湖水の空は広く、比《ひ》良《ら》の峰の残雪が青く霞《かす》んでいる。

「天竺までさがしに行くか」

つぶやいて一巴は苦笑いした。この世の果てまで本当に行きかねない衝動を自分のなかに見つけたのがおかしかった。

六

「塩硝一斤《きん》（六〇〇グラム）が、銀百匁《もんめ》（三七五グラム）だと。ふざけるのもたいがいにせよ」

堺《さかい》の武具商人武野紹鷗《たけのじょうおう》の屋敷で、橋本一巴《はしもといっぱ》はつい声をあららげた。

「その銀で米がいくら買えると思うか」

銀一匁あれば、米が五升買える。銀百匁なら五石《こく》、米俵にして十二俵も買えるのだ。話にならぬほどの高騰ぶりである。

「手前どもではその値でも儲《もう》けなどございませぬ。ちかごろは、どこの船が着いても塩硝は積んでおらぬのでございます。仕入れ値が高く、その値でも損がいきます」

座敷にあらわれたのは紹鷗の娘婿、今井彦八郎《いまいひこはちろう》という男だ。いんぎんではあるが、どこか白々しさがにおう。

紹鷗は堺でも指折りの富豪である。

茶人としても名高いが、本業は皮革を中心にした武具の商いだ。

もとは武人だったらしく、堀と柵《さく》で囲んだ堺防衛の総司令官をつとめている。紹鷗が手にした扇子をわずかに動かせば、雇いの侍が招かれざる客を撃《う》ち殺す。

その紹鷗に商売の才覚をみとめられた彦八郎は、さすがに目から鼻に抜けるほど才走った男だった。

一巴は、これまでになんどもこの彦八郎と塩硝の取引をしているが、そのたびに、用意している銀のすべてをまきあげられた。客が持っている銀の額を読み取る才能があるらしい。

「しかし一斤で銀百匁とは、むちゃくちゃな値段ではないか」

「そうおっしゃられましても、まことに塩硝がございません。あればまたたくうちに売れてしまいます。その値でよろしければ十斤ご用意できますが、なんといたしましょうか」

一巴は黙した。

銀一貫目で塩硝がわずか十斤というのは、限度をこえた法外な値段だ。銀は生駒《いこま》家の蔵からたっぷり用意してきたが、二百斤は買い付けたい。

「一挺《ちょう》の鉄炮《てっぽう》は精鋭百騎に匹敵いたします。十斤の塩硝があれば、敵が何百人も撃ち倒せまする」

彦八郎のことばが白々しくひびいた。

一斤の塩硝に硫黄《いおう》と炭の粉をくわえれば、二百匁（七五〇グラム）の玉薬《たまぐすり》がつくれる。六匁玉筒ならば、百二十発放てる量だ。上手《じょうず》な鉄炮放ちが二発に一発あてるなら、六十人殺せる。

その代価が銀百匁、米五石。安いか、高いか――。

「足軽一人抱えても、一年に米の五石もくれてやらねば働きませぬ。それだけの米で、敵が何十人も殺せれば、安いものではありませぬか。名人なら百人は殺せます」

その算盤《そろばん》にうなずくことはできない。

「おぬしのところから、これまでいつも値切らず言い値で購《あがの》うてきた。相当に儲けさせたであろう。このたびは、なんとか融通をきかせてもらいたい」

「そうさせていただきたいのはやまやまですが、まことにその値でしか物がありませぬ。どうしようもないのでございます」

彦八郎は悠然とかまえている。そんな値段でも買い手があるのか。

「うちの鉄炮をお買いいただきますなら、いますこしご相談にのらせていただきますが」

彦八郎の目が狡猾《こうかつ》に光った。

「鉄炮の張り立てをはじめたのか」

「腕のよい職人をかかえました」

堺でまっさきに鉄炮の製造をはじめたのは、鉄炮又こと橘屋又三郎《たちばなやまたさぶろう》であった。

しかし、もともとがあぶく銭ねらいの怠け者で、この男の張り立てる鉄炮は命中精度が低く、機関部《からくり》の故障もおおかった。ほかの鍛冶《かじ》たちが精妙な鉄炮をこしらえるようになって、鉄炮又の鍛冶場はすぐにさびれた。

堺ではもうひとり、早い時期に鉄炮鍛冶をはじめた男がいた。

もとは紀州根来寺《きしゅうねごろでら》の門前に住んでいた芝辻清右衛門《しばつじせいえもん》である。

紀ノ川《きのかわ》沿いの吐前《はんざき》城主津田監物《つだけんもつ》が、種子島《たねがしま》にわたり、家臣に鉄炮の製造をおぼえさせた。

その津田の家臣から鍛造技術を伝授されたのが清右衛門である。

清右衛門は腕が確かで、のちの時代になっても芝辻の家は栄えた。

清右衛門のせがれの理右衛門《りえもん》は、大坂《おおざか》の陣にさいし口径三寸全長一丈（三メートル）一貫五百匁玉（五・六キログラム）という巨大な筒を張り立てた。この巨砲はいまも現物が靖国《やすくに》神社にのこっているが、おどろくほど砲身の鉄が厚く頑丈である。

「見せてもらおうか、今井の鉄炮を」

彦八郎が手を打ち鳴らすと、すぐに五挺の筒がならんだ。

——まずい筒だ。

一目見ただけで、一巴は口のなかが酸っぱくなった。

売ろう、儲けようという気持ちが先に立っているのが、手にとるように見える筒だ。

まず筒先の柑子《こうじ》（銃口のふくらんだ部分）を派手に飾り立てている

のが気にくわない。

銃身にこれみよがしの龍の象嵌《ぞうがん》のあるのが、もっと気にくわない。なかの一挺は、台が黒漆《くろうるし》塗りで家紋がはいっている。気をきかせているつもりだろうが、射撃の性能とはまるで関係のないところに配慮されても、一巴は鼻白むばかりだ。

一挺を手にとってみた。

——鉄が悪い。

黒光りする国友《くにとも》の筒とくらべると、今井の筒は、一見して鉄が赤く安っぽい。

「播磨《はりま》の鉄か……」

「橋本様はさすがにお目が高い。よい鉄でございましょう」

いや、これはよくない鉄なのだ。播磨にもよい鋼《はがね》はあるのに、材料費を惜しんで安くて脆《もろ》い鉄をつかっている。国友藤兵衛《とうべえ》の筒が出雲《いずも》から上質な鋼を取り寄せ、ねばりのある筒を張り立てているのにくらべると、ほとんどまがい物に騙《だま》された気分である。

「町はずれの我孫子《あびこ》に大きな鍛冶場と射場をつくりましたので、いつでも試射していただけます」

「六匁玉筒で、一挺いくらかな」

「米七石でございます。象嵌と家紋はべつになります」

「それは……」

銭にして十四貫だ。鉄炮の相場は、このところどんどん下がっているが、それにしても安い。その値段ならこんな筒でも買う者がいるだろう。

「お安うございましょう。なにしろ鉄炮は数の多い者が勝ち。数をそろえてうちの筒で勝《か》ち鬨《どき》をあげていただくために、せいぜい安く張り立てております」

鉄炮の目釘《めくぎ》を抜いて銃身をはずした。

尾栓《びせん》をほどいて筒の内部をのぞくと同心円の光の輪が見えたが、思ったとおり微妙にゆがんでいる。筒そのものがゆがんでいるうえ、精密な研磨で仕上げてないのだ。筒の鉄はかなり薄い。下手《へた》をすると銃身が破裂する危険さえある。

「この筒は……」

「橋本様のおっしゃりたいことは、よくわかります。なにしろ数をたくさんそろえていただくために安くこしらえております。一挺ずつの仕上がりにはご不満もありましょう。しかし、よくお考えください。下げた針をあやまたずに撃ちくだくほどの鉄炮名人が、いったいどれほどおります。これからは、名人だけが鉄炮を放つ時代ではありませぬ。百姓に鉄炮をもたせ、雨霰《あめあられ》と玉を放った軍勢こそが勝ちを得られましょう」

彦八郎のことばには、たしかに大きな道理がある。

二百歩先の人間に玉を命中させること自体は、鉄炮の精度からいえばさして難しい技ではない。たいていの男なら、いくらかの訓練をつめばその程度の射撃はできるようになる。

しかし、こちらを殺そうと攻め寄せる敵を狙《ねら》うとなれば話はまるでちがってくる。

動く敵にはおいそれと当たらない。

そのため、的中の精度よりなにより戦場に弾幕をはって敵の出鼻をくじく戦術も、もっと検討されるべきなのだ。

そのことは、ずっと一巴の頭にある。いや、むしろちかごろの一巴はその戦略ばかり考えている。なにもない平原で軍団同士がぶつかりあうとき、いったいどう使えば鉄炮はもっとも威力を発揮するのか。

「緒戦に、雨霰と玉を放てば、敵の先鋒《せんぽう》は恐怖で地に伏しまする。そこに槍《やり》衆を突撃させれば、敵はたちどころに総崩れとなりましょう。それ鉄炮は、当たる当たらぬよりも、数をそろえて敵を圧するべし。それこそが勝利の戦術でございますよ」

「弾幕をはるというても、それだけの玉薬があればよいがな」

「うちの鉄炮をお買い上げいただけたら、塩硝はお安くさせていただきます。それはもう、なんなりと便宜をはからせていただきます」

目尻《めじり》だけで笑う彦八郎に、一巴は虫酸《むしず》がはしった。この男は、鉄炮で儲けず、塩硝で儲ける気なのだ。

「わしらは命を賭《と》して戦《たたこ》うておる。おまえの蔵に銭を積み上げるために戦うのではない」

彦八郎が、心外だと言わんばかりの顔で一巴を睨《にら》み返した。

「おことばを返させていただきますが、わたくしども商人も、命をかけて算盤玉をはじき、銭を積み上げております。度胸と性根では、どんなお侍にも負けはしませぬ」

一巴を見すえた彦八郎の目は、たしかに並みの侍よりよほど性根がすわっていた。

七

「塩硝はありませんでしたな」

不機嫌な顔のまま橋本一巴《はしもといっぱ》が武野紹鷗《たけのじょうおう》の屋敷の奥座敷を出ると、表の店《たな》で金井与助《かないよすけ》が待ち受けていた。笑っているのが妙である。

「ないのが、うれしいのか？」

「塩硝がたくさんでまわれば猫も杓子《しゃくし》も鉄炮《てっぽう》を放つ。どんな下手《へた》くそ の玉に当たって死ぬかもしれません。塩硝が足りなければ鉄炮を放つのは名人だけ。名人との競い合いなら負ける気はしませんでや。鉄炮は名人だけが持つのがよろしゅうござる」

人はさまざまだ、と、一巴は思う。

鉄炮という新奇な武具のまわりで、人はそれぞれの思惑をめぐらせる。耳をつんざく音と煙の向こうにどんな明日が待ち受けているのか――。

それから十軒あまり、武具や貿易品をあつかう商人をまわったが、どこでも塩硝は品切れだといわれた。本当にないのか売り惜しみしているのか――。

いかんともしがたい。

「いよいよ天竺《てんじく》にまで、行ってみるか……」

辻《つじ》に立って天を仰いだ。

堺《さかい》の町には、明《みん》国や朝鮮の文物を商う大店《おおだな》がならんでいる。青磁、白磁、染め付けなどの磁器をはじめ、犀角《さいかく》、鹿角《ろっかく》、人参などの薬種《やくしゅ》、香木、虎《とら》や豹《ひょう》の皮、象牙《ぞうげ》……。合戦のとき一巴が兜《かぶと》の頭に大きくひろげる孔雀《くじやく》の羽根も手にはいるし、金銀を積み上げれば、色鮮やかな南蛮《なんばん》の鸚鵡《おうむ》さえ生きたまま手にはいる。

七年前の天文《てんぶん》十六年（一五四七）を最後に、勘合《かんごう》をたずさえた正式の遣明船《けんみんせん》はとだえている。日本の船が堺から直接大陸に向かうことはなくなったようだ。明の船が、堺の湊《みなと》にはいってくることもない。それでも、堺でなら明国の品物がいくらでも手にはいる。

——商人たちは、どこで買いつけるのか。

さぐりを入れているが、今井彦八郎《いまいひこはちろう》にしろほかの商人にせよ、その出所をけっしてもらしはしない。

「湊に行くぞ」

糸を見失ったが、それでもなんとしても、たぐり寄せねばならぬ。一歩でも一尺でも海のむこうの塩硝の山に近づきたい。

湊には何隻《せき》もの船が停泊している。南からの春風にのってやってきた船だ。

「大きな船でありゃあすな」

供につれてきた若党の清三《せいぞう》は堺が初めてだ。大きな船に圧倒されている。

「木曾《きそ》川の舟とはちがうがや。これで、千二百石《こく》ばかりありゃあすか」

与助が妥当なところをつぶやいた。与助の目も、船のやってきた先を見ている気がした。

遣明船としてつくられた船のいちばん大きなものは、二千五百石もあったというが、大きすぎて操船できず、ついに明に到達できなかった。千八百石の船も難儀が多くて渡海を断念。結局、千石前後の船がもっとも航海に適していた。

千石を単純にトン数になおせば百五十トン積みである。そんな船に、水夫《かこ》四、五十人、商人百人ばかりが乗り込んで明に渡っていた。

勘合貿易はとだえても、そのとき培った造船技術は日本近海の流通をうながすのに大いに役立った。

小舟が群がって荷を下ろしている船があった。

「あの船は、どこから来た？」

「薩摩《さつま》じゃ」

帳面を手に岸で荷下ろしを指図していた男がふり返りもせずこたえた。

「なにを積んで来た」

「なんじゃ、取り調べでもあるまいに……」

ふり返った男が、一巴の堂々たる体軀《たいく》と身なりを見て頭をさげた。

「なにか粗相でもございましたでしょうか？」

「いや、さようなことではない。川育ちゆえに大きな船がめずらしいばかり。なにを積んでおるのか」

「へぇ、明の壺《つぼ》やら銅銭やらでございます」

「壺に銭か……。それればかりではあるまい」

「ほかには、端渓《たんけい》の硯《すずり》に玳瑁《たいまい》、砂糖でございます」

「塩硝も積んでおるであろう」

「いえ、それは積んでおりません」

「どこの船だ」

「はい、武野の船でございます」

「ならば……」

と言いかけて口をつぐんだ。

紹鷗の船なら塩硝を満載していないはずがない。しかし、この男と談判しても埒《らち》は明くまい。

「この船は、こんどいつ南に行くのだ？」

「へぇ。秋になってからでございます。北風が吹かねば南へは行けませぬ」

いまは、うらうらと暖かい春だ。北風が吹くまで、夏を過ぎてまだ半年も待たなければならない。

「いまから南へ行く船はあるまいの」

無駄とは思いつつたずねた。

「どちらへおいでなさるんやろう？　この船は出ませぬが、小さい船なら出るのもあるかもしれません」

たずね返してきたのは、かたわらに腰をおろしていた男だ。日焼けした顔は船乗りらしい。

「種子島《たねがしま》に行きたい」

船乗りが大きくうなずいた。

「ならば、ございます」

「なにッ、あるのか？」

「小さな船だっせ。ほら、あの船や」

指さすほうを見れば、たしかに小さい船が岸壁についている。

「ありがたや。よくぞ教えてくれた」

船乗りに何枚かの銭をにぎらせ、一巴は船のそばに走った。岸から船上の男に声をかけた。

「この船は、種子島に行くのか」

「ああ、そうや」

「いつ出る」

「明日の夜明けや」

「乗せてもらいたい。銭は払う」

「あきません。いきなり乗せろといわれても、素性の知れぬ者を乗せられますかいな」

「怪しい者ではない。尾張生駒《おわりいこま》家の荷駄を差配する橋本一巴という者だ」

堺の町では、尾張の織田上総介信長《おだかずさのすけのぶなが》より生駒家のほうがよほど知られている。

「尾張の生駒様ならば、宿は油屋常祐《あぶらやじょうゆう》殿か」

「そのとおりだ」

生駒家の荷は、いつも堺の油屋常祐の店におさめている。常祐ならば堺で知らぬ者はない。

船上の男は、しばらく引っ込んで、また顔を見せた。

「うたがうわけではないが、油屋殿の番頭でも同道してくださいますか。さすれば、乗せてしんぜましょう。明日の夜明けに出帆するゆえ、今宵《こよい》のうちに乗っておいてもらいたい」

「ありがたや」

一巴は油屋にとって返すと、番頭をひきずるようにして湊にもどった。

八

船は麒麟丸《きりんまる》といった。小さな船だが積み荷を満載しているらしく、吃水《きっすい》が深く沈んでいる。

橋本一巴《はしもといっぱ》は船頭に銀をわたし、種子島《たねがしま》までの乗船を頼んだ。帆柱が夕陽《ゆうひ》に赤く染まっている。

「北風を待たぬでよいのか」

「そのための片帆《かたほ》じゃ。逆風でも船があやつれんで、船乗りなんぞと胸は張れぬ。わしらは年に何べんとなく種子島まで往復しておる。紀州《きしゅう》の船をなめたらあかんら」

言われてみると、木綿の帆が、帆柱の片側に寄せて畳んである。それが逆風でも航海できる仕かけらしい。

船頭は茂吉《もきち》と名乗った。生まれついての船乗りだという。

「紀州の船であったか」

「旦那《だんな》さまは運がええわい。こたびは京《きょう》の本能寺《ほんのうじ》の坊さま方をむかえに、堺《さかい》にまわった。この時期に種子島にかようのはわが船くらいら」

紀州のなまりは巻き舌で、「だ」が「ら」に聞こえた。泉州《せんしゅう》のことばに似ているが、それより力強い。

「本能寺の僧侶《そうりょ》が種子島になにをしに行く」

「法華《ほっけ》の上人《じょうにん》さまゆえ題目を唱えに行くくら。種子島の寺は、法華ばかり。みんな本能寺の末寺《まつじ》やさけぇな」

「はるばると、ご苦労なことだな」

茂吉が日焼けした顔に乱杭歯《らんぐいば》を見せた。

「旦那さまも、種子島は、はるか遠くのへんぴな離れ小島と思うておいでやな」

堺より西に行くのは初めてだ。鬼や蛇が棲《す》むとは思わぬが、たしかにはるか洋上の孤島を思い浮かべている。

「堺でも海に出たことのない者はそう思うておるようやが、とんでもないまちがいら。沖には川より、よっぽど流れのはやい黒潮があってな、それに乗れば、種子島から堺までわずか四日。季節の風、黒潮の帰り潮を知り尽くしたわれらなら、どんな季節でも難儀はない。種子島はな、へんぴな島やない。あそこは海の宿場町。奄美《あまみ》、琉球《りゅうきゅう》はもとより、台湾《たいわん》、福建《ふっけん》、浙江《せっこう》、はては呂宋《ルソン》（フィリピン）やポルトガルの連中までやってくるにぎやかな湊《みなと》ら」

「さればこそ、鉄炮《てつぽう》もつたわってきたか」

「鉄炮ばかりやない。種子島にはめずらしいもんがいっぱいあります。遊女屋には墨ほど肌の黒い女もおるら」

「まさか、天《あま》が下《した》に、そんな女がおるものか」

「旦さん。失礼やけど、まだ、南蛮人《なんばんじん》をご覧になったことございませんな」

「ああ、まだお目にかかったことはない」

「とてものこと、われらと同じ人間とは思えん。海のむこうには、奇妙奇天烈《きてれつ》な連中がいっぱいおりますら」

たしかに、そうなのかもしれない。そもそも鉄炮などという道具は、実際にこの目で見るまで、まるで思いもおよばなかった。船頭の言うように、海のむこうには一巴の想像もつかぬ世界がひろがっているのだろう。

供をひきつれて船尾の屋形《やかた》にはいった。

板敷きの間は、僧形の一団や商人らが座をしめていた。商人はそれぞれ警固の侍衆を連れている。十文字鑓《やり》や朱や金で飾った刀がいかめしい。

鉄炮が目についた。四挺《ちょう》、革袋にしまいもせずこれ見よがしに立てかけてある。わきに陣取った侍のものであろう。派手で横柄そうな連中が五人かたまっている。

侍の視線が、こちらの鉄炮袋に釘付《くぎづ》けになった。胴乱《どうらん》や玉薬《たまぐすり》の箱を見れば鉄炮放ちの一行だとすぐにわかる。

僧侶の一団と侍たちのあいだに場所があった。

「邪魔をさせていただこう。よろしいか」

声をかけて荷物をおろし、座をととのえた。

やはりとなりの鉄炮が気になる。

「たいそうご立派な筒でありゃあすな。堺の筒とお見受けするが」

一巴が声をかけた。金襴《きんらん》の陣羽織を着た堅太りの男が大将だろう。

「おまんらも鉄炮放ちじゃな。どこからおでましかえ」

「尾張片原一色《おわりかたはらいしき》の城主橋本一巴。おみゃあさんは？」

「紀州雑賀庄《さいか》をたばねる孫市《まごいち》よ。日本一の鉄炮大将じゃ」

すらりと日本一を名乗るところなど、じつに厚かましい。一巴はおもわず男の顔を見つめた。国友藤兵衛《くにともとうべえ》に太い魔羅筒《まらづつ》を注文したのはこの男だ。

「なんじゃ、日本一に文句でもあるか」

雑賀孫市が四角い顔を露骨にしかめた。

「なんの、わしは、かねて『鉄炮天下一』の旗をかかげておる。似たような御仁がおると感心しきりじゃ」

「ほう。天下一か。それはええ。わしの耳には、届いておらんがな」

わざとらしく耳をほじっているのが小憎らしい。

「鉄炮は何挺持っちゃあるか」

孫市が一巴をねめつけた。目がぎょろりとして品がない。

「いまは五百挺。まもなく一千挺にふやすところでな」

さばをよんで大きく出たが、孫市が鼻の先で笑った。

「それは立派な天下一ら」

「おみゃあは、何挺そろえておるがや」

「三千挺よ。それくらいのうては、ふうが悪うて日本一は唱えられまい。われらはあちらの守護、こちらの大名に銭で雇われていくさに勝たせるのが生業《なりわい》じゃ。敵にまわすと命がないと覚えておくがええじょ」

声高に笑いとばすと、孫市は郎党《ろうとう》たちと酒を飲みはじめた。金襴の陣羽織の背中に、おそろしく太い鉄炮の刺繍《ししゅう》を背負っている。どこかふざけた風をまきちらす侍だった。

「こしゃくな野郎でありゃあすな」

与助が低声《こごえ》でささやいた。

「ただのほら吹きだ。三千挺の鉄炮などあるはずがない」

一巴たちも煮物や干し魚をひろげて酒を酌《く》みはじめた。波の静かな堺の湊がとっぷりと闇《やみ》にとざされた。

酒がまわると、どちらもとなりの鉄炮放ちが気になってくる。孫市はわざとらしく大声であの合戦この合戦の武勇を語り、それとはなしに威圧しているらしい。

若党の清三《せいぞう》が、一巴に目でたずねた。声をかけてもよいかというのであろう。一巴はうなずいた。

「雑賀の孫市さまは、種子島にはどのような御用向きでございますか」

遠慮がちにたずねると、孫市が鷹揚《おうよう》にうなずいた。

「むろん、鉄炮のこと。玉薬につかう塩硝は、あの島でなければ手にはいらぬさけぇな。ひょっとしたら、おまんらも塩硝の買い付けか」

「いえ……」

清三があいまいにうなずいた。孫市がにやにや楽しそうに笑っている。

「ほうかほうか、塩硝の買い付けか」

なにかふくむところがある言い方だ。

「なんぞ、ってはあるのか？」

そんなものはない。湊に着いたら、島主種子島家の城館をたずねる。

とにもかくにも行ってみるだけだ。

「種子島殿にお目にかかるつもりだ」

「書状でも書いておかれたかな？」

「いや……」

さもありなんといわんばかりに孫市が大きくうなずいた。

「出遅れたな。あの島の塩硝は、すべてわしが買い付けてもった。もはや、一斤《きん》ものこってはおらんじょ」

一巴はおもわず腰をうかせた。

「遅い、遅い。わしは御当主時尭《ときたか》殿とは昵懇《じっこん》のあいだ。すでにそっくり譲ってもらう話がついておる。ああ、一斤か二斤なら、橋本殿にわけて進ぜるら。天下一の鉄炮に、蜘蛛《くも》の巣をはらせては気の毒らさかいな」

孫市が、声をあげて笑った。

――法螺《ほら》に決まっている。

そうは思っても、一巴の気持ちは落ち着かなかった。


翌朝、麒麟丸《きりんまる》は日の出とともに海を滑り出した。

一巴は船の舳先《へさき》に立った。何艘《そう》かの小舟に曳《ひ》かれて湊を出ると、木綿の帆をあげた。四角い帆が、柱の片側に寄っている。風向きに合わせて帆の向きが変わるらしい。

船頭の茂吉が目を細めて、空をながめている。晴れているが、雲がある。

「日和《ひより》はもちそうか」

「春は嵐《あらし》になりやすいさけな。こればかりはわからぬが、まず天気でっしゃい」

風にのれば四、五日で着く種子島だが、逆風では七日か、それ以上もかかることがあると、茂吉がつけくわえた。

船は堺から南西に下り、紀伊《きい》水道を南下した。そこから外海に出るが、陸が見える沖合を昼間だけ航海する。夜になればちかくの浦にはいって帆をやすめる。

二日目に土佐《とさ》の甲浦《かんのうら》にはいった。波のない浦での静かな泊まりだが、一巴は寝つかれなかった。

つぎの朝、また帆を張って、午《ひる》に室戸《むろと》岬を大きくまわった。四国の山並みにさえぎられていた視界がいっきに開けた。

「ここの海は広いな」

つぶやくと、船頭の茂吉が笑った。

「種子島から琉球に向かうと、もっと広いっしゃ。唐《から》、南蛮、天竺《てんじく》までも通じた海やさけな」

「行ったことがあるのか」

「琉球までな。あそこまで行けば、よほど稼ぎになるら」

「この船でか？」

「ほかに船はないさけの」

一巴は茂吉を見直した。さして大きくもないこの船をあやつって大海原を往来する船頭は命知らずのつわものである。

「紀州者は、あちこちの海を往来しておるのか」

「陸《おか》では食えぬでも、海に出れば飯の種がある。南の島に行けば、磁器でも薬種《やくしゅ》でも高く売れる荷がいっぱいあるわい」

たしかに洋上には、思っていたよりずっとたくさんの船が帆を張って往来している。それだけ大量の物資が運ばれているということだ。

片原一色の館《やかた》にいると、田畑を耕すばかりが人の暮らしに思えてしまうが、けっしてそんなことはない。一巴が堺に運んだ油でさえ、船に積まれてまたどこかに運ばれる。そうやって人の世の暮らしがなりたっている。

風に吹かれながら海をながめた。

大きな魚が船とならんで泳いでいた。ときに海面に飛び跳ねる。海豚《いるか》だ、と教えられた。よく見れば人の顔にも似た奇妙な魚だった。積み上げた荷の菰《こも》に腰をおろしていれば、空が青く、雲が白い。風と潮の音がここちよい。

海が、あきれるほど広い。

海の端は白く霞《かす》み、茫洋《ぼうよう》としている。あたりに船がいなくなった。春の陽射しのなか、海の彼方《かなた》に、とてつもない幸運が待ち受けている気がした。

「あの船、怪しゅうないかえぇ」

帆柱に登っていた水夫《かこ》が大声をはりあげた。

指さす方を見ると、小さくおぼろな船影があった。その影がぐいぐい近寄って、はっきり船の形に見えたとき、一巴もたしかにどこかたたずまいがおかしいと感じた。

船頭の茂吉が額に手をかざして見やった。

「ほんに、ありゃあ盗人船《ぬすっとぶね》やな。取り舵《かじ》やい」

たちまち船が大きく左にかたむいた。船体が音をたてて軋《きし》んだ。

「盗人船は足が速いら。うまく逃げ切れるかどうか……。お客人は、鉄炮を持っちゃあるが、あれは撃《う》てますかえ」

「むろん撃てるにきまっておる」

「ほいたら、あの船、追い払《はろ》うてくれやい。賊に乗りうつられたら、身ぐるみはがれて命がなくなるじょ」

「盗人の船にまちがいないのか?」

「あの船には前にも狙《ねら》われたことがあるら。この船の荷を知っていて欲しがっておるんじょ」

「荷はなんだ」

「刀を積んじゃある。種子島ならば高《た》うに売れるら」

吃水が深く沈んでいる理由がそれでわかった。

明《みん》に輸出する刀は、一振《ふり》、二振の単位ではなく、束にして一把《ぱ》、二把の単位でかぞえた。いちばん値のいいときなら、日本では一振八百文《もん》から一貫文の刀剣が、明では五貫文で売れたため、密貿易をする者は、競って刀を売買した。一説には、享徳《きようとく》二年（一四五三）から天文《てんぶん》十六年（一五四七）のあいだに、百十三万八千振の日本刀が輸出されたという。

「鉄炮を放つぞ」

船室にとって返すと、一巴は郎党たちに射撃のしたくを命じた。

「なんじゃ、なんしちゃあるか？」

腕枕《うでまくら》で寝ころがっていた雑賀の孫市がたずねた。

「海賊だがや。鉄炮で成敗してくれよう」

「それはおもっしゃい（おもしろい）。腕くらべをするら」

にわかに起きあがると鉄炮をつかんだ。

ともどもに郎党をつれて舳先にもどると盗人船がずいぶん近づいていた。いくさにつかう関船《せきぶね》である。左右あわせて四、五十挺《ちょう》もある櫓《ろ》で力強く波を切って向かってくる。

麒麟丸はおおきく舵を取りつづけている。二町《ちょう》（二一八メートル）

ばかりはなれているが、間もなく追いつかれるだろう。

「火箭《ひや》を警戒して、帆をたたみおったわい」

帆柱がないのは根元で折り曲げられる構造になっているからだとい
う。帆のない船は巨大な虫に見えた。櫓がいっせいに勢いをつけて海
をたたく。

「こっちの腹に突っ込むつもりじょ」

茂吉が額の鉢巻を締め直した。

「人の姿が見えぬな」

関船は、舷《ふなべり》に竹を隙間《すきま》なくならべて高く囲っている。矢狭間《やざま》がいく
つもあるが、人の気配のないのが不気味だ。

「さあ、鉄炮で退治してけぇよ」

茂吉が掌《てのひら》に唾《つば》を吐いて腰に脇差《わきざし》を差したとき、盗人船から鉄炮の音がとどろいた。麒麟丸の船端《ふなばた》で木っ端がはじけ飛んだ。

「賊にも鉄炮があるじょ。強い鉄炮やっしょ」

孫市がうれしそうに笑っている。

「腕くらべというたな」

一巴はからだの奥で熱い血が滾《たぎ》るのを感じた。男には、戦いの性がそなわっているのか。

「雑賀と尾張の鉄炮、どっちがよう当たるか競うてみるら。日本一と天下一では、どっちがいちばんか、はっきりさせるっしゃ」

「腕などくらべてもおもしろうない」

一巴は首を横にふった。

「くらべるなら人間の性根《しょうね》だ。性根くらべの勝負なら、受けて立つ」

「おもっしゃい。それを試そう」

孫市の陣羽織を玉がかすめ、屋形の壁板に当たって穴が開いた。孫市が肩をすくめた。

「命を惜しんで、性根くらべはやめておくか」

「てぇーい。冗談《てんご》をぬかせ。やるに決まっとるら」

孫市が鉄炮を手にしたので、一巴は首を横にふった。

「わしらが撃っては、性根は比べられぬぞ」

「なんじゃと」

「放って当てるのは、たやすいこと。放たずに我慢するほうが難しい。鉄炮を手にせず、どこまで玉に身をさらせるかの性根だ」

「そんなやせ我慢に、なんの意味がある」

あきれ顔で、孫市が眉《まゆ》をひそめた。

「たわけ。意味などあってたまるか。命にしがみつく人間に、ろくな奴《やつ》はおらんということだがや」

命はかるい。

村木砦《むらきとりで》で織田信長に助けられ、無くしたはずの命を拾ってから、一巴はときおりふっとからだと魂がみょうにかろやかに浮遊するのを感じていた。

それでも、やはり命は惜しい。生きているのはうれしいにきまっている。

ただ、生きることに執着《しゅうじゃく》してはべたべたと重くなる。苦しくなる。

どうせなら、粗末にあつかったほうが、かえって命の滋味が深くなる。

「はかない露《つゆ》の命に、未練があるようだな」

蔑《さげす》みの目を向けると、孫市がいきり立った。

「おもっしゃえ。玉に身をさらしてどこまで平気でいられるか。雑賀と尾張の性根をくらべるら」

船尾の屋形の屋根に上がった。銃声がひびき、屋形に着弾がある。木っ端が舞い飛ぶ。

「おみゃあら、筒をならべていつでも放てるしたくをしておけ。ひきつけてから放つがや。号令があるまでけっしして引き金をひくでないぞ」

一巴は屋根の板に隆《りゅう》と立った。

「旗を立てよ」

若党の清三が大旗をかかげた。真紅の旗が音を立てて風におどった。

てつはう　天下一

われこそを狙えとばかりに一巴は両手をひろげた。革袴《かわばかま》に小袖《こそで》、胴服《どうぶく》の旅姿である。

「おい、旗だ」

孫市の怒声で若党が大きな旗をかかげた。白地に黒々と烏《からす》が群がっている。よく見れば熊野《くまの》権現《ごんげん》の祭神、三本足の八咫烏《やたがらす》である。烏が群がって文字になっている。

日本一　てつはう

たがいの旗をながめ、一巴と孫市は腹をよじって笑った。自分以上の鉄炮自慢はこの世におらぬと思っていた。それが目の前にいる。おかしくてたまらない。孫市もきっと同じ思いであろう。

海賊船から、ひっきりなしに玉が飛んでくる。

「玉に当たった者の勝ちか」

「当たったら天運尽きたとおぼしめせ。気の毒ながら負けでや」

「けっ、自分は当たらぬつもりか」

「わしには玉が避《よ》けて飛ぶ。どこまで玉に身をさらせるかの肝くらべよ」

孫市の顔にきびしさがさした。

「敵らの鉄炮は、二挺じゃな」

海賊船は、一町まで迫ってきた。着弾の間隔からして、二挺の鉄炮を交互に撃っている。ひっきりなしに轟音《ごうおん》がとどろき、玉が飛んでくる。屋根板が粉になって飛び散る。十匁《もんめ》玉だろう。

「こそぼうてかなわんな」

「おおい、盗人船の鉄炮放ち。当ててみよ。下手《へた》くそがぁ」

一巴がさけんだ。船は揺れている。こちらの郎党や水夫たちが船端を叩《たた》いて、奇声を発した。大声で罵《ば》詈《り》雑言《ぞうごん》をさんざんに浴びせた。

「こっちじゃ、こっち。よう狙えや」

孫市が鉄扇をひらいた。白地に赤い日の丸である。扇をかざした孫市がさけぶと、鋭い風の音とともに、日の丸の真ん中に穴が開いた。

「みごと、みごと。さあ、こんどは、この心の臓に当ててみやれ」

孫市が胸を叩いてさけんだ。

「こっちじゃ、こっち。はずすなや」

一巴が小袖の襟元をはだけて見せた。

麒麟丸の船頭が舵にとりつき、水夫どもを叱咤《しった》して必死で操船しているが、海賊船は、もうそこまで迫っている。

「おまんら、あほうなことをしとらんで早《はよ》う鉄炮を撃っちゃらんかえ」

たまりかねた船頭がさけんだ。

「まだまだがや。あのような盗人船どもに、こちらの性根を見せてやるのよ」

「性根よりも、命が大切ら」

船頭の声が一巴にすがりついた。

「案ずるな。マリア観音がお守りくださっておるぞ」

「なんじゃあ、その、マリア観音っちゃ」

孫市が首をかしげた。

「鉄炮放ちのくせに、マリア観音を知らぬか。南蛮のおなごの神でな、わが嫁御《よめご》に似てまことに美しいお顔におわします」

「けっ、嫁ののろけかえ。おまはんは、長生きするわい」

ヒュンと熱い風を切って、玉が一巴の頬《ほお》をかすめた。あと一寸ずれていれば極楽行きだ。

「惜しい惜しい。よう狙えや」

つぎの玉が、孫市の肩をかすった。焦げた匂《にお》いがする。手で陣羽織をさぐった孫市の顔がゆがんだ。

海賊の船がちかづいてきた。狭間《はざま》から突き出た銃口が、こちらを狙っているのが、はっきりと見えた。

「あほらしい。もうよかろう。そろそろ鉄炮を放たせるら」

「おみゃあの郎党は好きに放たせるがええ。わしは、まだ撃たせぬ。もっともっと引き寄せて撃つがや」

黙り込んだ孫市は、しばらく腕を組んで立っていた。

轟音とともに、足元の屋根板がはじけて飛んだので、孫市が片足で飛びあがった。蝦蟇《がま》が踏みつぶされたような声をあげた。

「負けじゃ、負けじゃ。わしの負けでよい。命を粗末にするあほうに付き合えるか。わしは、まだおなごの肌に未練があるわい。放て、放て。狭間の鉄炮を狙え」

雑賀の鉄炮が火を噴いた。射撃は精妙きわまりない。玉が小さな狭間に吸い込まれていく。海賊船が沈黙した。

「それなりに当てておるわい」

さけんでから、首の骨を鳴らし、一巴はマリア観音に念じた。

――極楽に行け。

好きこのんで盗人になったわけでもなかろう。それしか生きる道がなかったのだと思えば憐《あわ》れである。盗人たちが極楽に行くように念じてから、大声をはりあげた。

「天下一の鉄炮を見せてやれ」

金井与助《かないよすけ》と清三が、船端で狙いをつけた。

海賊船の狭間から、また筒先がのぞいた。放ち手が交代したのだ。

筒先が火を噴き、玉が一巴の髷《まげ》をかすめた。

「放ち手を往生させても、新手《あらて》に代わるだけでや。筒そのものに当てて見せよ」

「そんな芸当ができたら、わしゃあ逆立ちして飯を喰《くろ》うて見せるら」

「しかと聞いた。与助、清三、見せてやれ」

「承知ッ」

海賊船の狭間から黒い筒がのぞいている。この距離で動かぬ標的に当てるだけなら造作はない。どちらも揺れる船上で、鉄炮そのものを狙うとなれば至難のわざだ。

「からくりを狙え」

与助が、清三に声をかけた。

「承知ッ！」

わずか五寸ばかりの狭間の奥に、金色の真鍮《しんちゅう》が光って見えている。息を止めて目をこらすと、火縄の火さえ見えてくる。

与助が引き金をしぼると、金属のはじける音が海風のなかでも、はっきりと耳に届いた。

「どうでや。当たったがや」

狭間から出ていた筒先が、はじかれるように引っ込んだ。船のなかの騒ぎがつたわってくる。

海賊船のもう一挺の鉄炮が、こっちを狙っている。火を噴いた。強い玉だ。清三のわきの船端の板を貫通し、屋形の壁板を撃ち貫いた。いちど引っ込んで、また筒がのぞいた。

清三が引き金をしぼると、こんども炸裂《さくれつ》音のなかに金属音がまじった。

「どうじゃ、もうあの筒は、使い物にならんがや」

「けっ、まぐれやろ」

「まぐれ当たりは放ち手の運の強さよ。孫市には逆立ちして飯を喰うてもらおうか」

孫市が口をへの字に曲げたとき、海賊船の狭間から矢が飛んできた。

「撃て撃て、撃ちまくれ」

郎党たちがつぎつぎと玉を放った。どの玉も正確に狭間に飛び込んでいく。

数十発を放ったころ、海賊船の櫓がぴたりと止まった。しだいに離れていく。

波の音。風の音。どこかに消えていた海豚がもどってきた。

「助かりました。お礼を申しますら。しかし、おまえさんらは……」

船頭の茂吉は一巴と孫市の顔を見くらべていたが、首をすくめて苦笑いした。

九

種子島《たねがしま》の赤尾木湊《あこうぎみなと》は、おだやかな入江であった。丘の斜面に板葺《いたぶ》きの屋根が建ちならび、中腹に城館が見えた。

大きな船が何隻《せき》も停泊している。堺《さかい》では見かけない形の船である。黒塗りの船体に青々と龍が描いてある。まわりに小舟が群がって荷をおろしている。

「寧波《ニンポー》船が着いたばかりじょ。あの菰《こも》包みが塩硝であろう」

雑賀孫市《さいかまごいち》がつぶやいた。橋本一巴《はしもといっぱ》は顔をほころばせた。この島には塩硝があるのだ。

小舟に乗りかえて岸に上がると、嗅《か》いだことのない匂《にお》いがした。大勢の男と女が運んでいるのは薬種《やくしゅ》らしい。船頭の茂吉《もきち》から聞いていたとおりの繁華な湊である。市が立っている。堺とはちがった南国の喧《けん》噪《そう》がある。

孫市とともに城館への坂道を登り、門をくぐった。

案内《あない》を請うて、館《やかた》のなかに通された。立派な座敷である。

眼下に入江が見わたせる。陽《ひ》がすこし西にかたむいて、春の海がとろりと銀色に光っている。

「さいはての島かと思うておったが、まことに海の宿駅。いたって賑《にぎ》おうておるな。南蛮《なんばん》や明《みん》から見れば、堺こそさいはての湊か」

「そういうことら。神代《かみよ》のむかし、米の種籾《たねもみ》が初めて伝わったのはこの島というぞ。それゆえ種子島と称するとな」

さもありなん――。茂吉から聞いたところによれば、この島は潮《しお》の道の真ん中にある。潮にのって南からやってきた人と物が、日本でまっさきに上陸するのはこの島なのだ。

小姓が高坏《たかつき》をささげてきた。四角く黄色い塊が盛ってある。孫市がひとつ摘《つま》んでかぶりついた。

「南蛮の菓子でな、カステイラというら」

一巴も手に取った。たよりないほど軽く柔らかいが、よい香りと甘さが口中にひろがった。こんな美味《うま》いものは食べたことがない。

「タバコはあるか。一服所望じゃ」

小姓が盆をささげてきた。こまごました道具が載っている。孫市がちいさな壺《つぼ》のふたを開けた。

「よい香りがするぞ」

茶色い艾《もぐさ》のようなものだ。たしかに強い香りがする。妖《あや》しい香りだ。

「これを、こいつにつめて……」

孫市が奇怪な道具をとりあげた。陶製の曲がった筒の先に、艾もどきの草をつめると、孫市は端をくわえた。小さな火入《ひいれ》の炭火に当てると、口をすぼめて何度か息を吸い込み、口と鼻から白い煙を吹き出した。

「なんだがや、それは」

「これがタバコじょ。頭がすっきりするら」

吸い口を袖《そで》でぬぐい孫市がさしだした。二度、三度ふかすと、甘い香りが愉《たの》しめた。頭がちょっと痺《しび》れた。

「その煙を吸えば気持ちが落ち着く。葉っぱをもんで傷口にすり込めば、弟切草《おとぎりそう》よりよほど血止めの験《げん》がある。南蛮の妙薬じゃ」

孫市はこれまでに三度、この島に来たという。ポルトガル人は鉄炮《てっぽう》だけでなく南蛮のめずらしい物をたくさんもたらしたのだと話した。

「いちばん驚いたのがシャボンら。蠟《ろう》のような塊だが、水につけてこするといくらでも泡が吹き出す」

「妖術か……」

「いや、南蛮人は行水のとき、それでからだをこする。垢《あか》がよく落ちてきれいになる。シャボンで磨いたおなごの肌はつやつやして格別じゃ。そらもうねぶり倒しとうなるら」

「けっ、好色な男だがや」

「おまはんは、おなごより稚児《ちご》が好みか」

「たわけ。嫁御《よめご》ひとすじよ。わが嫁御は美しゅうてよい女ゆえにな」

「ほざいておれ」

与太話をして待っていたが、島主のあらわれる気配がまるでない。

「待たせすぎやせぬか」

「なにやら取り込みがあるというておったが、たしかに、ちと遅すぎる」

太陽がとっぷりと傾き、水平線のちかくまでおりている。海と空が荘厳な橙《だいだい》色に染まった。

夕陽がふるふると震えながら海に沈み、すっかり暗くなってから、ようやく廊下に足音がひびいた。

「おなりでございます」

灯明《とうみよう》を手にした小姓につづいてはいってきた種子島時尭《ときたか》はまだ二十代の半ばであろうか。難しい顔で腰をおろした。

「遠路はるばる、ごくろうさまでござりもうした」

いんぎんに辞儀をした。

「鉄炮のことなら万里をいとわず駆けつける。こちらは尾張《おわり》に城をもつ橋本一巴殿。やはり、鉄炮の数寄者《すきしや》でな。鉄炮のためならポルトガル国にまで行きかねぬ勢いら」

「鉄炮こそ、これからの世を切りひらく得物《えもの》と考えておる。御昵懇《じつこん》にお願いしたい」

一巴が頭をさげた。

「まこと、鉄炮ほど役に立つ武具もないもの。ただし、それは玉薬《たまぐすり》があっての話……」

時尭の顔が渋くなった。

「それを求めてはるばるやって来た。湊に寧波船がおった。塩硝がとどいたのではないのか」

「そのことにござりもうす。雑賀殿には申し訳ないしだいとなった」

「なんじゃと」

孫市が膝《ひざ》をのりだした。

「手紙で貴公が請け負ったゆえ、この孫市みずから塩硝を引き取りに来たのじゃ。いまになって申し訳ないとは、ははあ、欲が深《ふこ》うなったか。銀ならたんまり用意してきた。色をつけて進ぜよう。損はさせぬとも」

「いや、そうではない。明の商人がへそを曲げて、塩硝は売らぬといいだした」

「なぜ？」

「仲間にならねば、売れぬと言うのだ」

「手を結べばよいではないか。塩硝を売り買いする仲間じゃ。同朋《どうぼう》であろう」

「そう簡単にはいかぬ。銀はもういらぬ。それより軍勢が欲しいと言いだした」

「軍勢をどうする？」

一巴が身をのりだした。

「明に攻めいるのだというておりもうす」

「おもしろい。その話、わしは一枚のるぞ」

孫市が膝を叩《たた》いた。

「できるか、そんなことが」

「われらは、利があるならば、どこにでも出かけて戦う。明国ならば、あれこれ分捕《ぶんど》り甲斐《がい》がある」

気に食わぬ言いざまだ。

「なんのかんのというて、おみゃあは、ただの盗人《ぬすっと》か。他人《ひと》様の国に攻め込んでなんとする」

一巴は侮蔑《ぶべつ》のまなざしを投げた。

「なんじゃと」

孫市がいきりたった。

「なんのための鉄炮じゃ。力があれば、なんでもできるら」

「志の低いこと。やはり盗人じゃな。天下泰平、万民安寧《あんねい》のための鉄炮であるわい。無益な合戦などしてなんになる」

「あほらしい。合戦に益も無益もあるか。強い奴《やつ》が勝つ。それだけの話ら」

「それでは獣《けもの》と同じだ。国と民を安んじるための合戦であればこそ、殺生も許される。盗人が物を盗るのに人を殺《あや》めるのとは、わけがちがうぞ」

「けっ。利《き》いたふうなことをぬかす」

一巴と孫市が睨《にら》み合い、険悪になった。

「喧嘩《けんか》なら、よそでなさるがよろしかろう。いまは塩硝の話」

若い時尭がいさめた。

「それじゃ。しかし、軍勢をよこせとは、法外な……」

思いをめぐらせたが、すでに一巴の想像力を超えた世界の話である。

海のむこうで、いったいなにが起ころうとしているのか。

「軽々に返答できることではござりもうさぬ。あの男がいやだと言えば、二度と塩硝は手にはいらぬ。それはなんとしても避けたい」

「さて……」

三人は鳩首《きゅうしゅ》して談じた。

「とにもかくにも、その男に会わせてもらえぬか」

とりあえず一巴の出せる結論は、それしかなかった。

その唐人は、名を王直《おうちょく》、号を五峰《ごほう》という。鉄炮をもたらして以来、頻繁にこの島をおとずれるので、島主時尭は城内に彼のための居館を用意してやったという。

そもそも、天文《てんぶん》十二年（一五四三）、戎克《ジャンク》船に乗って、初めて種子島に鉄炮を持ち込んだのは、この王直だった。ただし、ポルトガルの記録では一年のずれがあり、一五四二年、すなわち天文十一年となっている。

正確にいうならば、王直の戎克に乗っていたポルトガル人フランシスコ・ゼイモト、アントニオ・ダ・モッタ、アントニオ・ペイショットの三人が鉄炮を持っていたのだが、もとをただせば、このポルトガル人たちは、ポルトガル人船長《カピタン》に雇われていた傭兵《ようへい》であった。

シャム（現在のタイ）でもめごとを起こした彼らは、どこかの船にもぐり込んで遁走《とんそう》するつもりだった。

逃げるなら東だ。できれば中国まで行きたい。

浙江省寧波沖にうかぶ舟山《しゅうざん》列島の双嶼《そうしょ》という港には、当時、すでに千人以上のポルトガル人の住む町があり、ポルトガル人の市長がいた。

そこまで行けば、酒と女に不自由のない生活が待っているはずだ。

港でたずねると、おりよく双嶼に帰る中国船があった。

船主が、王直――。

そのころの王直は、双嶼を本拠地にしていて、琉球《りゅうきゅう》経由で帰るところだった。

「その鉄炮《アルケビユース》は、売る気があるか」

王直は、ポルトガル人にたずねた。手に鉄炮を持っていたのだ。

「高く買ってもらえるのなら」

ゼイモトが答えた。

「心配するな。一生遊べるだけの金をやろう」

王直の頭が、めまぐるしく回転した。

マラッカやマカオ、双嶼に町をつくって住んでいるポルトガル人たちは、中国人には、けっして鉄炮を売ろうとしなかった。鉄炮が中国人の手にわたったら、自分たちの立場が、どれほど脅かされるかを熟知していたからである。

ことに、王直のような密貿易者の手にわたったりしたら、彼らが海賊に転じるのは目に見えている——。

火砲があればこそ、ポルトガル人たちは、アフリカ原住民の襲撃を避けてモザンビークの海岸に拠点をもうけることができた。インドへの航路が開けた。胡椒《こしょう》、絹、銀など、本国に持ちかえれば、莫大《ばくだい》な利益の得られる商品が、そこにはいくらでもある。

ヨーロッパからアジアへの航海がもたらす巨富は、ナウ船に積んだ大砲と鉄炮があってこそのものであった。

そもそも、黒色火薬を炸薬《さくやく》とする火砲は、十三世紀ごろからヨーロッパで使われていた。

最初はただの筒に火薬と玉を込め、火縄の火を押しつけて発射する簡単な手銃《ハンドガン》だった。

同じころ、中国でも火槍《かそう》というロケット砲めいた火薬兵器が使われていたが、これが手軽な火器に発展することはなかった。

投石機の歴史があるヨーロッパでは、十五世紀になると、口径五十センチ、六十センチなどというとてつもない大砲が製造された。城の石垣を崩すための巨砲だった。

それとともに、人間を殺傷するための火器として、鉄炮が進化した。

火砲についての起源をさかのぼるならば、まずだいいちに、火薬は、いつ、だれが発明したのかを、解き明かしたくなってくる。

古代インドでは、アレキサンダー大王の軍勢が押し寄せてきたとき、城壁から「嵐《あらし》と雷の弾」を投げつけて防いだと伝えられている。

それとはべつに、東ローマ帝国には「ギリシャの火」という火器があったという。

この二つが、爆発性のあるものだったかどうかはわからない。油をもちいた焼夷弾《しょういだん》的な兵器だったであろう。

世界で最初に黒色火薬を発明したのは、おそらく十世紀の中国人である。

硝石に硫黄《いおう》と炭を粉にして混ぜると、すばやく着火、燃焼する——。その粉を、容器に密封して火を点じれば、おおきな破壊力を発揮する——。

この驚異的な発見は、以後の世界史を大きく塗り替えることになった。

日本を襲撃した元寇《げんこう》が、「てつはう」を投げつけ、爆発音で侍たちを威嚇《いかく》した話は、よく知られている。

当初は、破壊力よりも、すさまじい音での威嚇兵器であったであろう。

火薬はたちまちのうちに世界に広がり、各地で火砲に応用された。

さきほどのポルトガル人脱走兵の持っていた鉄炮が、どこで製造されたものかは、さだかではない。

トルコ式の嚕蜜《ルミ》銃が、陸路、あるいは海路でマラッカに伝わり、そこで製造されたとする説が有力だが、ヨーロッパ製の銃がそのまま持ち込まれたという説も否定できない。

いずれにせよ、それまでインド洋を往来して香辛料の交易を独占していたイスラム商人をポルトガル人が追い払い、インドのゴアやマレーのマラッカを占拠できたのは鉄炮の力があったからだ。鉄炮を持ったヨーロッパ人が中南米に闖入《ちんにゅう》して、金銀財宝をあさったのも、ちょうどこの時代である。

だれにでもあつかいやすく、持ち運びが簡便で、いつでもどこでも、正確に、自分の気にくわない人間を沈黙させることのできる鉄炮は、地球のあらゆる場所で、民族間の闘争に、大きなうねりをもたらした。

王直は、ポルトガル人脱走兵が持っていた銃を、どうすべきか考えた。

シャムや、安南《アンナン》（ベトナム）、呂宋《ルソン》……、あちこちを往来し、各国の事情に精通している王直は、それをどこに持っていけば、いちばんよい儲《もう》けになるかに、思考を集中させた。

脱走兵が持っている鉄炮を売るだけなら、いくら高値で売りつけたところで、利益はそれだけである。

どうせなら、そこから、さらにもっと大きなうま味のある商売ができないか——。

王直はその一点を考えた。

ふと、ひらめいたことがある。

——日本人なら、こいつをたくさん造るだろう。

日本人は、光り輝いて切れ味のよい刀剣を大量に製造する能力をもっている。日本の鍛冶《かじ》なら、同じ銃をたちまち大量に生産するだろう。

すばらしいことに、日本はいま、とても景気がよい。灰吹き法による精錬が中国から伝わり、石見《いわみ》という銀山で大量の銀が採掘されている。銀をたっぷり持った日本人は、狂った蟻《あり》のように鉄炮に群がるだろう。

——いずれ硝石が飛ぶように売れるはずだ。

王直はそう計算して、双嶼に帰る前に、日本に寄ることにした。

狙《ねら》いはみごと適中した。

売り込み先に種子島をえらんだのは正解だった。

黒潮の真ん中にある種子島は、昔から船の往来が多く、外来者への警戒心がほとんどない。新しい物を簡単に受け入れる風土がある。島には砂鉄が豊富で、腕のよい鍛冶職人がいることも王直は知っていた。

それから十年がたち、日本人は自分たちの手でたくさんの鉄炮をつくり、大量の硝石をほしがるようになった。

硝石の値は、王直の期待通り高騰し、どんな高値をつけても売りさばけた。

すでにして王直は、飽き飽きするほど膨大な富を蓄積していた。

王直の配下には、数千隻の船と数万人の男たちがいる。王直が命じなくとも彼らはいつでも銀を満載して、湊に帰ってくる。

王直のこころは、いま、べつの方向にむかっていた。

有り余る銀を、いかにすれば、さらに意義あることに使えるかという一点である。

十

赤尾木《あこうぎ》の城は広い。

——種子島《たねがしま》家の財力は、生駒《いこま》よりはるかに上だ。

篝火《かがりび》に照らされて建ちならぶ殿舎を見て、橋本一巴《はしもといっぱ》は思った。川筋がもたらす何倍、何十倍もの富が、海によって運ばれ、この城に蓄積されているにちがいない。

ふり返れば、闇《やみ》のむこうに海がひろがっている。

月のない夜で、ただ闇だけがひろがっているのだが、春の宵《よい》のなまめかしい風が、その彼方《かなた》になにがあるのかを感じさせてくれる。

——海のむこうに豊饒《ほうじょう》がある。

そんなことを、悩ましく思いたくなる宵である。

種子島時尭《ときたか》が、ひとつの館《やかた》の前で足を止めた。

入口に風変わりな装飾がある。龍の彫り物があちこちで踊っているのだ。明人《みんじん》好みの飾りなのだろう。

立っている明人の番人に時尭が声をかけると、奥に引っ込んだ。ずいぶん待たされた。この島の主《あるじ》を待たせる男に、一巴は興味がわいた。

案内されるままについていくと、広い部屋に男がひとりですわっていた。灯明《とうみょう》のあかりがいくつも灯《とも》って部屋は明るい。

背の高い朱塗りの机があり、椅子《いす》が置いてある。

時尭が挨拶《あいさつ》をすると、男が手で椅子を示した。

島主が椅子にすわった。一巴と雑賀孫市《さいかまごいち》が、それにならった。

男は、ぞろりと長い服を着ている。鷹揚《おうよう》なものごしで、顔つきに大人《たいじん》の風格がある。

「もう話し合いは終わった。わたしは、明日、出帆する」

たどたどしいながら、日本の言葉をしゃべっている。

「いまいちど、話がしたい」

「その者たちは？」

「本州から来た侍だ。一城の主ながら鉄炮《てっぽう》にことのほか熱心で、ここまで塩硝を買いに来た」

王直《おうちょく》がうなずいた。

「塩硝が欲しいのだ。売ってもらいたい」

一巴が口を開いた。

「塩硝でなにをするのか？」

「鉄炮を放つにきまっておる」

孫市が答えると、王直が苦笑した。

「鉄炮を放って、なにをする？」

「合戦だ。合戦をせずに、なんの鉄炮か」

勢い込んだ孫市に、王直が首をふった。

「なんのために合戦をするのか？」

かさねて問われて、孫市が口を閉ざした。銭のためとは、答えにくい顔をしている。代わりに一巴が答えた。

「合戦をするのは、民を守るためだ。土地を守る。家族を守る。百姓を守る。鉄炮があれば、だれもわれらを踏みつけにはできぬ」

つねづね思っていることを一巴は口にした。思いはいくらでも溢《あふ》れてくる。

「小人《しょうじん》の望みだな」

「小人でけっこう。わしは、土地の民と家族を守り、安逸に暮らしたい。それがなによりの望みだ」

立ち上がった王直が、棚から折りたたんだ紙を持ってきた。机のうえに広げると、大きな地図である。

わきに手燭《てしょく》を置いた。

地図にちがいあるまいが、一巴はそんな地図を見たことがない。

「この島が、どこにあるかわかるか？」

地図をのぞき込んだ。大きな陸地が広がっているのは、明国か。

それにしても、海がひろい。

一巴は、日本の地図しか見たことがない。大和秋津島《やまとあきつしま》六十六州の地図には、海も描いてあるが、これほどひろくはない。

大きな陸地の沖合に、見慣れたかたちの弓なりの島があった。

そこから南に向かって……。

一巴は、小さな島を指でさした。

「ここだ」

王直がうなずいた。

「そのとおり。そして、こっちが双嶼《そうしょ》だ。わたしの屋敷があった島だ」

王直が、明国のはずれに浮かぶ島に指を置いた。

「あった……とは、いまは、もうないということか？」

「そうだ。明国の浙江巡撫《せっこうじゅんぶ》の軍勢と戦って負けたのだ。さんざんに負けたのが、悔しくてならぬ。わしは、屋敷を五島《ごとう》に移し、反撃の機会をさぐっておる」

「五島……？」

一巴がたずねた。

「肥前《ひぜん》の沖だ。いま、王直殿は、五島に本拠を置き、平戸《ひらど》に屋敷を持っておられる」

時尭が答えた。

おだやかな王直の顔が、けわしくなった。

「わたしは、大将となる男を探しておる」

「大将ですと？　さきほど仲間と仰せたのはそのことか」

孫市が、驚いた声を出した。

「そうだ。わたしの仲間はこの広い海のあちこちにいる。日本人も大勢仲間になっているが、みな船乗りだ。大将となって合戦を指揮できる男がいない。だから、いくさの大将を探しておる。あなたたちは、一城の主なら、合戦は得意か？」

「得意だとも。任せるがいい」

孫市が胸を叩《たた》いた。

「大将をさがして、なんとなさるか」

一巴はたずねた。素直に訊《き》いてみたかった。

「国をつくる」

「国……、明国を奪うのか？」

「いずれはそうする。その前に、まずは海に新しい国をつくるのだ」

王直が、地図のうえに掌《てのひら》をのせた。

そこに海がひろがっている。

「海の国には、湊《みなと》が必要だ。明の軍勢を打ち倒さねばならぬ。浙江巡撫の軍勢を追い払える合戦上手《じょうず》な大将と手を結びたい」

「明は大きな国であろう。軍勢は何十万もおるだろう。それが破れるか？」

一巴の問いに、王直がうなずいた。

「明はすでに疲弊しておる。揺さぶれば、柱の腐った古家のように倒れるだろう。湊にしっかりした足場をつくり、攻め入りたい。ただし簡単にはいかない。有能な指揮官がいる」

「あなた自身が、指揮をしないのか」

一巴はたずねた。

「どこの国になにを運ぶか、船や湊をどうするか、わたしの頭はそういうことに向いている。合戦には、べつの才覚がいる。乱暴者はいくらでもいるが、一万人の乱暴者をたばねて戦える男をさがしている」

王直が、一巴と孫市を交互に見すえた。値踏みされているようである。

一巴は王直を見すえた。逆にたずねてみたくなった。

「国をつくると仰せだが、そもそも国とはなんのためにあるのか？　なんのために、海の国をつくるのか？　おのが蔵に金を積み上げるためか？」

王直が首をふった。

「金銀などは、もう飽きはてた。わたしは皇帝になるべき男だ」

「皇帝……？」

「この島でいえば、帝《みかど》である。同じく天に仕える者だが、天の広さがまるでちがっている」

それはそのとおりだろう。明国の広大さは、いったい日本の何倍、何十倍あることか。

そして、また海の広さ――。

一巴は、王直の壮大さにあきれた。目の前のこの男は、世界をわが手に収めようとしているのではないか。

「皇帝となって、なにをなさるおつもりか？」

かさねて一巴はたずねた。

王直は、ゆるりと太い声で答えた。

「皇帝は、天の命ずるところにしたがい、民に善政をなす。それが仕事である」

一巴はうなずき、なお、かさねてたずねた。王直の壮大さがここちよい。

「民への善政とは、なんでござろうか？」

王直が首をかしげた。

「さて、それはいろいろあろう」

「まず、筆頭はなにをなさるか」

具体的なことばは、出てこなかった。

「わたしなら、まずは、女たちのことを考えてやります」

一巴のことばに、王直が眉《まゆ》をひそめた。

「女だと？　まつりごとと女は、関係なかろう」

「いえ、女たちが、安んじて恋をし、安んじて子を産める世の中こそ、善政の世でありましょう。男子の志はその一事を根本にすべきだと存ずる」

王直が一巴を見すえて動かない。

「合戦をするのも、まさにそのため。天《あま》が下《した》の女たちが、安んじて恋をし、すこやかな子を産むためにこそ、鉄炮はある。わたしは、そのために戦う」

こちらを見すえたままの王直の視線が、一巴には、みょうにくすぐったかった。

十一

翌朝、橋本一巴《はしもといっぱ》が寝所の褥《しとね》でまどろんでいると、遠くから、聞き慣れぬ音が聞こえた。

障子を開けて縁側に出ると、薄明の湊《みなと》が見えた。船が出ていくところだった。

「寧波《ニンポー》船の銅鑼《どら》の音ら。あいつめ、もう行きおったか」

となりの部屋をあてがわれている雑賀孫市《さいかまごいち》も、縁側に立っている。

「すっかりあてがはずれたな」

孫市が首を左右にひねって鳴らした。一巴と同じ癖があるらしい。

「塩硝は……」

「さて、昨日のようすでは置いて行くまい」

つぶやくと、孫市は部屋へ引っ込んだ。一巴は、頭のなかが真っ白になった。

朝飯をふるまわれてから、小姓に呼ばれた。

広間に行くと、種子島時尭《たねがしまときたか》がいた。しばらくして、孫市もやってきた。

「王直《おうちょく》が、橋本殿への挨拶《あいさつ》だというて、いくらかは塩硝を置いて行った。ほんの数十斤《きん》だが、ないよりはよかろう」

「わしへの挨拶……？」

一巴は首をひねった。なんの挨拶かわからない。

「さて、わしにもわからぬ。ああ、手紙がある」

小姓が渡してくれた紙を開いた。


戦わずして人の兵を屈するは、善の善なる者なり。


漢字をならべて、ただ、そうしたためてある。

文字は読める。意味もわかる。それを書き残した王直の意図が理解できない。

「戦わずに勝て……ということか」

つぶやいていた。

「なんと書いてある？」

のぞき込んだ孫市に、書きつけを見せた。

「鉄炮《てつぽう》を撃《う》つばかりが合戦ではないということであろう。頭をつかって民を守れ、とわしは読んだ」

一巴の説に、孫市が首をかしげた。

「戦わずに勝てればいうことはない。わしなら、楽して得することだけやれ、と読む。どうじゃ」

「孫市らしくてよかろう」

時尭に見せると、首をひねっただけだった。

「なんにしても、塩硝はとぼしい。はるばる来てもろうたが、甲斐《かい》ないことであった」

「塩硝を運んでくるのは、王直の船だけではあるまい。ほかの船はないものか？」

食いさがった一巴に、時尭が首をふった。

「福建《ふっけん》から寧波までの海は、王直のものと思うておいたがよかろう。みな、王直の息がかかっておる。王直が売るなといえば、売らぬ」

「されば、王直はどこへ行った？」

「五島《ごとう》だろう。あの男、なんのかんのというても、ここで売り惜しみしておるだけ。五島で博多《はかた》商人相手に高値で売るつもりじゃな」

そうなのかもしれないが、一巴は、すこしちがう気がした。

「雑賀殿は、やはり、熊野浦《くまのうら》にまわられるのか？」

時尭がたずねた。

「世話になりましたな。わしは今日のうちに熊野浦に行く。いずれまた、寄せてもらおう」

「もう紀州《きしゆう》へ帰るのか？」

けげんな顔をした一巴に、孫市が説明した。

「この種子島の南の端に、熊野浦というて熊野船のための湊がある。そこへまわるのだ」

熊野の船は、何百年も昔からこの島と交易し、すでに享徳《きようとく》元年（一四五二）には熊野神社がこの島に勧請《かんじよう》されていたのだと、孫市がつけくわえた。

それだけ種子島との結びつきが強かったからこそ、紀州の人間は、伝来したばかりの鉄炮と塩硝を、他国の衆に先んじて手にいれることができたのか——。

「そこなら塩硝があるのか？　ほかの船が入るのか？」

孫市が、首をふった。

「そこにはない」

——では、どこに……。

とは、訊《き》かなかった。ここで首をふられてしまえば、すべての糸が断ち切れてしまいそうな気がして恐ろしかったからだ。

湊で孫市を見送った。

「達者でおれや」

ともに海賊と戦った孫市である。惜別の情がなくもない。

「わしは、逆立ちして飯を喰《くろ》うておらぬ」

船での性根《しょうね》くらべの話だろう。

「なら、いま喰うて見せてくれ」

「飯を喰うかわりに、ひとつ教えて進ぜよう」

「なんだ」

「じつは、ちったかし、あてにしている筋がある」

「塩硝か」

「それよ」

「ありがたし」

一巴は、孫市のつぎのことばを待った。

「塩硝は、つくれるぞ」

いきなり水を浴びせられた気分であった。孫市の顔をまじまじと見すえた。

「あれは、土のなかにあるのではないのか」

「そうじゃが、つくろうと思えばつくれる。ただし何年もかかる。二年や三年ではまだ足りぬ。四年だ。四年かければなんとかできるぞ」

そんなにかかっては、とても合戦に間に合わない。

「孫市は、もうつくっているのか」

「試しておる。手応えはあるぞ」

「どうやってつくる？」

「そこまで教える義理はなかろう。おのれの頭で工夫せよ」

雲をつかむような話だ。

「しかし、それがまことなら心強い」

「簡単にはいかん。途方もない手間がかかるぞ」

「わかった。恩に着る。つくれるものなら、なんとしてもつくってやる」

一縷《いちる》の望みだが、どんな小さな望みでもすがりつきたい。

城に帰って、用人《ようにん》に時尭の居場所をたずねた。

島主は城内の射場で、鉄炮を放っていた。百歩むこうに立てた板に小さな黒丸が塗ってある。わずか二寸の星だろう。目を眇《すが》めて見つめると、ほとんどの弾痕《だんこん》が、星の近くに集まっている。

「おみごと」

「埒《らち》もない。大将が鉄炮の上手《じょうず》であっても、合戦には勝てぬ。そんなことはよくご承知でござりもうそ」

「されど、下手《へた》よりはよろしかろう。鉄炮衆どもが励みます」

時尭が、汗をぬぐった。春とはいえ、南の島は、初夏の陽気だ。一巴は、単刀直入に用件を切り出した。

「塩硝をつくる方法をご存じか」

時尭の眉《まゆ》がうごいた。

「さような技があれば苦労はせぬ。あったら、教えてもらいたいもの」

「教えてはいただけぬか。むろん、礼は尽くしましょう」

「知っていれば教えもするが、そんな術《すべ》はなかろう」

突き放されると、すがりつく余地がない。

「王直は、値のつり上げをもくろんでおるだけ。塩硝を売らねば、あの男も干上がってしまう。しばらく待っておられるがよい。いずれ、手に入るであろう」

待てないからこそ、わざわざ南の島までやって来たのだ。

また鉄炮をかまえた時尭を説き伏せる手筋が、一巴には見つけられなかった。

――琉球《りゅうきゅう》に行くか。

種子島で、潤沢な塩硝が手に入らないことがはっきりした以上、この島に逗留《とうりゅう》していても仕方がない。一巴は、さらに一歩、塩硝の産地にちかづくことを考えた。

種子島家の用人にたずねると、南風の吹くこの季節、琉球に向かう船はなかろうとのことだった。

——さて……。

ふたたび湊にくだり、供の若党たちに、船をまわらせたが、やはり南への船はないということだった。

湊の岸辺で、一巴は、青い海と船を見た。

——この海は、どこまで続いているのか。

北からの風を待って南に向かえば、琉球や台湾、マカオ、マラッカ、天竺《てんじく》まで行けるという。そこからなんとかいう大きな陸地をまわれば、その向こうにポルトガル国がある。王直は、ひろげた地図を指さして、そう教えてくれた。

二年以上かかる旅だという。

——行ってみたい。

幾万里の波濤《はとう》を越えて、ポルトガル人がやってきた。ならば、この自分に行けぬわけもなかろう。そう思えば、胸が高鳴る。いますぐにでも、船に飛び乗りたい。

一巴は、尾張《おわり》に城をもつ身だ。待っている嫁のあやとせがれたち、一族郎党《ろうとう》がいる。自分が塩硝を持って帰らなければ、織田《おだ》家鉄炮衆は、鉄炮を置いて合戦に行くしかない。いまのいまとて、今川《いまがわ》の軍勢が攻め寄せているかもしれない。

守るべきものが、一巴にはある。そのための鉄炮なのだ。

しかし――。

塩硝がなければ、鉄炮はただの筒だ。天下一――。そのことばが、むなしく脳裏にひびきわたる。

「橋本様ではありませぬか。船でご活躍のおかげで、われら、命拾いをさせていただきました」

やわらかい声にふり返ると、僧が立っていた。島に来るとき、麒麟《きりん》丸《まる》でいっしょだった京《きょう》の本能寺《ほんのうじ》の日榮《にちえい》である。黒染めの衣がこの島では暑そうだ。

「御坊か、礼にはおよばぬ」

日榮の背中ごしに壮麗な門があった。大きな伽藍《がらん》とおびただしい数の屋根が見える。かなり僧侶《そうりよ》の多い寺にちがいない。

「立派なお寺でありゃあすな」

「慈遠寺《じおんじ》ともうします。この島での法華折伏《ほつけしやくぶく》の砦《とりで》にございます」

「ここの島には、さように法華が多いのか」

「この慈遠寺の末寺が六ヶ寺、お城のとなりの本源寺《ほんげんじ》の末寺が十五ヶ寺、ほかにもあわせてぜんぶで二十七の法華の寺があります。いずれも、われら本能寺の末寺《まつじ》にござる」

種子島は、かつて、素朴な信仰をもつ島であった。

浦ごとに祀《まつ》る夷《えびす》神の御神体は、海底から拾いあげた石であることが多かった。田植えの神事に海底の砂を供える神社もある。古代からこの島にさまざまな人と物が漂着してきたことの名残であろう。

国分寺《こくぶんじ》として創建された慈遠寺は、長いあいだ奈良興福寺《ならこうふくじ》の末寺であったが、応永《おうえい》のころ（一三九四〜一四二八）、奈良に行ったこの寺の僧が、多数の僧兵を擁し、政治闘争に明け暮れる興福寺に失望。宗旨を法華に転じて島にもどった。僧の帰島をきっかけとして、種子島は一島すべてが法華に転じたという。

「寺門隆盛で、なによりでござるな」

一巴は答えたが、気はそぞろである。塩硝のことがどうしても頭をはなれない。

「なにか、気がかりがおありですか」

日榮は、色白でふくよかな顔の男だった。ものごしのおだやかさから、本能寺での位階の高さが想像できた。

「塩硝が手にはいらぬのだ」

口にしても詮《せん》ないことだが、一巴の頭のなかにはそのことしかなかった。

「鉄炮放ちの一巴殿に塩硝がなければ、水からあがった魚と同じ。日干しになってしまいましょうな」

「どうにもならぬ。明《みん》の商人が高値でわずかしか売らぬのだ。つくる方法もあるというが、時尭殿は、教えてくれぬ。なんとしたものか、途方にくれておったのよ」

「塩硝なら、この男がつくっておりますのに」

日榮のことばが、一巴には、鉄炮の音より大きくひびいた。

「まことか」

見れば、供の僧のほかに、身なりのよい大百姓風の男がいた。

男は、弥之吉《やのきち》と名乗った。この島の南の在所から来たという。

「まことでござりもうす。わたしどもでは、田で塩硝をつくっております る」

「田で塩硝をつくる？　いったいどうする、どうすれば、塩硝ができる」

一巴は、興奮しているのが自分でもわかった。

「橋本様。寺でゆっくりお話しいたしましょう」

落ち着き払った日榮が先に立って寺に招じてくれた。

はやる気持ちをおしとどめ、ゆっくりと山門をくぐった。南の島に建つと、同じような寺の建物でも、どこか明るく開放的に見える。客殿に案内された。

「この寺では、鉄炮を持ってきたポルトガル人が、半年も暮らしておったそうでしてな。そのおり、いろいろなことを教わったといいます」

パンの焼き方や、タバコばかりでなく、クスノキから強心剤の樟脳《しょうのう》をつくる方法、二枚の刃を重ねて紙や布を切る鋏《はさみ》などを伝えたのだと、日榮が教えてくれた。

「塩硝の製法も、そのときに、ポルトガル人から教わりもうした」

いかめしく太い眉をしているが、弥之吉は人なつっこい笑顔を見せた。

「長い年月がかかると聞いた。できておるのか？」

「さよう。なかなかうまくいきもうさなんだ。しかし、ようやく……」

「できたのか」

「はい。まだわずかながら、できました」

「それは、時尭殿におさめる品であろうな」

しらばっくれていたが、つくらせたのは時尭以外にいない。税として納めさせるつもりに決まっている。

「日榮様の命のご恩人なら、話はちがいもうす。これも、法華の御仏縁でございましょう」

一巴の目の前に、とつぜん光明がさした。供たちも顔が明るくなった。

「見たい。すぐにでも見せてくれるか」

「塩硝田は、この赤尾木《あこうぎ》ではなく、坂井《さかい》という在所にありもうす。明日、よろしければ同道なさいますか？」

一も二もなく、一巴は同行を頼んだ。

翌日、城の用人に、島をまわってくると言い残して出かけた。

一日かけて七里の道を歩き、坂井に着いた。種子島には高い山がなく、道は平坦で楽な道中だったが、塩硝に出会えるかと思えば、気持ちと足がせきたてられた。

夕刻、坂井に着いた。すでに空は夕焼けに染まっている。

はるか遠くに海をながめるゆるやかな斜面にずらりと藁《わら》屋根がなら

んでいる。

「これが、塩硝田でござりもうす」

その屋根の下が、まさに塩硝をつくる田なのだといわれたが、のぞいて見てもただ黒ずんだ土があるばかりだ。

土をすくって鼻先で匂《にお》いを嗅《か》いだ。湿った小便くさい土だ。

「やっぱり小便塩か」

以前から、塩硝の細かい針のような結晶をなんども舐《な》めて、なにか似たような物質はないものかと思いをめぐらせていた。

ひとつ思い当たったのが、厠《かわや》の羽目板にうっすらとつく小便塩である。家の縁の下の土にも、犬や猫の小便がかたまって、ごくわずかにそんな結晶ができることがある。

「たしかに小便もまぜておりもうす」

「そうであろう。そうに違いないとにらんでおった」

推測が的を射ていたので、一巴は溜飲《りゅういん》をさげた。

「ただ、それだけではなかなかうまくできもうさん。魚の腸《はらわた》と、焼いた珊瑚《さんご》を砕いて混ぜるようになってから、なんとかうまくいくようになりもうした」

当時の化学知識ではむろんわからぬことだが、これは、尿にふくまれる硝酸アンモニウムと珊瑚を焼いた炭酸カリウムを、硝化菌というバクテリアのはたらきで硝酸カリウム（硝石＝塩硝）に変成させる中世的バイオテクノロジーであった。

「では、さっそく明日の朝から、灰汁煮《あくに》いたしもうそう」

「灰汁煮……？」

「土から塩硝をとりだす秘術じゃっと。鉄炮放ちの方なら、いちどは見ておかれるのがよろしかろう」

その夜は、弥之吉の屋敷にやっかいになった。

弥之吉がとっておきの焼酎《しょうちゅう》の壺《つぼ》をふるまってくれた。一巴も、供の金井与助《かないよすけ》も清三《せいぞう》も、塩硝が手にはいることのうれしさに、気持ちよく酩酊《めいてい》した。

翌朝、屋敷の広い庭に出てみると、大きな樽《たる》と釜《かま》がいくつもならべられ、すっかりしたくがととのっていた。手伝いに集まった村の男たちが薪《まき》を割り、女たちが竈《かまど》に火を熾《おこ》している。

「大きな桶《おけ》だがや」

人がはいれるほど大きな桶を覗《のぞ》くと、泥水がたっぷりはいってい
る。
「昨夜《ゆうべ》のうちに、塩硝田の土と水をいれて混ぜておきもうした。もう
塩硝は水に溶けておるはず」
桶の木栓を引き抜くと、茶色い水が流れ出た。
手桶に受け、大きな釜にそそいだ。釜の下で大きな火を焚《た》くと、ぁ
ぶくが盛大に煮えくりかえった。
「一石《こく》の水を三升になるまで煮詰めもうす」
気の長い作業だったが、一巴はじっと大釜を見つめていた。土から
塩硝を精製する作業など見るのは初めてだ。摩訶《まか》不思議な威力をもつ
火薬が、じつは泥水のなかから生まれるのだと知って、新鮮な驚きを

感じている。

「一石の水を三升とは、百がうちの三。いや、たいへんな手間だ」

与助も清三も、あきれながら大釜のあぶくを見つめている。百分の三まで煮詰めないと、泥水から塩硝は精製できないのだ。

「まだまだそれだけではありもうさん。今日のうちにそこまで煮詰め、一晩寝かせて、明日、また半分になるまで煮詰めもうす。それを木綿で漉《こ》し、また一晩置いて、それがようやく灰汁塩硝になりもうす」

「それで、もうできたのだな？」

弥之吉が、首を横にふった。

「それだけでは、まだできぬのか？」

「そこまでが灰汁煮。とろりとしたその灰汁汁《じる》を三日間寝かせますと、桶のふちに栗毬《くりいが》の針のごとき塩硝がつきもうす。それが塩硝ですが、まだ茶色く質が悪うおじゃっと。土やごみなどもまざっておりますゆえ、清水で洗い、さらに中煮、上煮とくり返し、桶で七日間澄ましておかねば、上物の塩硝とはなりませぬ。それを天日で二十日間乾かして、やっとのこと火薬につかえる塩硝となりもうす」

「そんなに手間がかかっていたのか」

「そこまでせねば、かように美しい塩硝はできもうさぬ」

弥之吉が、小さな木箱を取り出した。

「まだほんの少量、ためしに精製しただけでじゃっと。われらにしても、ようやくうまくいきはじめたばかり」

小箱の蓋《ふた》をそっと開けると、細かい針のような結晶が、びっしりはいっていた。

「こいつは、いい塩硝だ」

ひと目見るなり、一巴は感嘆した。いままでに見たどの塩硝より、結晶が細かく混じりっけがない。春の陽光に照らされ、美しい乳色に輝いている。指でつまむと、ほろほろ崩れた。すこしだけ舌にのせると、わずかに甘く感じたが、すぐに刺すような辛みに変じた。

「撃ってみたい。硫黄《いおう》と炭はあるか」

弥之吉が命じると、すぐに火薬製造道具が一式はこばれてきた。

薬研《やげん》に硫黄と倍量の炭の粉をいれ、細かく砕いた。

硝石をくわえた。炭が二、硫黄が一にたいして塩硝が七の割合である。

すり鉢にうつしてゆっくりていねいに混ぜた。三種類の粒子が具合よく混じり、さらさらの黒い粉ができあがった。

「さっそく試させてもらおう」

つくったばかりの火薬を鉄炮に注いで鉛玉をつめ、槊杖《カルカ》で突きかためた。その手ごたえさえ、心地よい。さらに細かく砕いた口薬《こうやく》を火皿に盛った。

上空に鳶《とんび》が舞っていた。島の青空を旋回している。

ひろげた翼が、小指の爪《つめ》よりはるかに小さくしか見えないが、今日は当たる気がした。

筒をかまえ、首の骨をひとつ鳴らした。

狙《ねら》っているだけで最高に気分がよかった。塩硝が手にはいると思えば、鉄炮の筒先が明るく開ける。

鳶の滑空にあわせて筒先をすべらせ、引き金をしぼった。いつになく、手ごたえがよい。

その場にいた全員が大きな目を剝《む》いた。

青空から、鳶が落ちてくる。

「当たりもうした。神業じゃっと……」

「なんの、手間を惜しまず塩硝をつくる人智があればこその人の技。弥之吉のおかげだ」

命中させたことよりなにより、質のよい塩硝を手にしたことに一巴は満足していた。気持ちがすがすがしく、鉄炮を手に、どこまでも、突き進んで行けそうな気がした。

十二

橋本一巴《はしもといっぱ》が、尾張那古野《おわりなごや》城に塩硝を持ちかえると、織田信長《おだのぶなが》はしきりと種子島《たねがしま》の話を聞きたがった。貪《むさぼ》るように、質問を投げつけた。

「南蛮人《なんばんじん》に遇《お》うたのか？」

「いえ、南蛮の者はおりませなんだが、明《みん》の商人がおりました。もとはといえば、鉄炮《てっぽう》は、その男の船が運んで来たとのこと」

「塩硝は、その男から買《こ》うたのか」

「その者は売りしぶり、わずかを置いていったばかり」

「値をつり上げるつもりか」

「それもあるやもしれませぬが、利はすでに飽きるほどに得たようで、いまは、大将となって合戦をする男を探しておるとか。明国と戦う盟友にしか塩硝を売らぬと申しておりました」

「明と戦うだと……」

信長の切れ長の目が、鋭敏に反応した。

「さよう。明は疲弊して柱の腐った家同様とか。明国の海禁を打ち破り、湊《みなと》を拠点にして海に国をつくる所存らしゅうござる」

「明は柱の腐った家か……」

信長がしきりとうなずいている。

「ただし、衰えたりといえども大国でござる。一朝一夕には潰《つい》えますまい。王直《おうちょく》の考えも、有能な大将があらわれてこそ実現できましょう」

そんなことはあたりまえだといわんばかりの顔で、信長が虚空を睨《にら》んだ。

「海に国をつくるか」

「そう申しておりました。それだけ交易に利があるということでございましょう。利があれば人が群れ、さらに利が生まれまする。王直という男のもとには、日本の男たちも、日本の鉄炮を手に大勢くわわっておるそうで」

「明は滅ぶ」

「はっ？」

「白蟻《しろあり》に潰《つぶ》されよう」

「………？」

居並んだ宿老たちが首をかしげている。信長のいわんとすることが理解できないのだ。

「合戦は、いくら鉄炮ばかりそろえても勝てぬ。勝つのは、白蟻だ」

一巴の胸には、信長のことばがまっすぐひびいた。

「調略によって、敵を蝕《むしば》んでから討つとおっしゃるか」

「それよ。王直という男、よいことを教えてくれた」

「そういえばこんな手紙を残しておりました」

一巴が王直の手蹟《しゅせき》を見せた。

――戦わずして人の兵を屈するは、善の善なる者なり。

「なんだ？」

「物知りにたずね、孫子《そんし》の兵法と知りました」

一巴は、船旅の帰りに、堺《さかい》の町で孫子の書を買い求めた。だれかれに教えを請いながらそらんじるほどに読んでいる。おもしろくてたまらない。その書には、一巴の栄養になるものがいっぱい詰まっている気がした。

「ふん」

信長は鼻を鳴らした。さして興味がなさそうだ。

「塩硝はだれから買《こ》うた？」

種子島の塩硝田について、一巴は詳細に説明した。

「ここでも試すがよい」

尾張でも塩硝をつくれということだろう。

「むろん、試してみまする。ただし、種子島では焼いて砕いた珊瑚《さんご》を混ぜておりゃあす。珊瑚がなければ、はたしてうまくできるかどうか。当面は種子島との船便を絶やさぬのが肝要と存じまする」

「――であるか」

「紀州《きしゅう》の雑賀《さいか》衆は熊野《くまの》神社の末社《まつしゃ》を通じて、種子島とのつながりを持ちつづけております。それがしの小者《こもの》清三《せいぞう》を島に残してきましたが、船はべつに確保しなければなりませぬ。われらの海の道をととのえねばなりませぬ」

清三にはよくよくいい含めて、島に留まらせた。弥之吉《やのきち》に頼んで、嫁を世話してもらう段取りもつけてきた。島に根を生やした清三は、塩硝を送ってくる手はずだ。

「海の道か――」

「さよう。いずれ、堺にも人を置きましょう」

できれば、すぐにもそうしたいところだが、いまの信長の所帯では、負担が大きすぎる。あるものを利用するのが利口なやり方だ。

「まずは京の本能寺《ほんのうじ》に寄進をなさいませ。それがなによりの近道。本能寺の末寺《まつじ》を通じれば、塩硝の道がたしかなものとなりゃあす」

種子島に本能寺の末寺が多いことを一巴は説明した。

「――本能寺か」

信長は、二度その名をくり返した。

「はるか南の果てではあっても、本山と末寺のあいだには、しきりと人が行き来しております。その便をたよれば、塩硝の道がつくれます」

「塩硝の道――」

信長が不思議そうにつぶやいた。

「塩硝に道あり、鉄炮にも道あり。ポルトガル国から、はるばると、ゴア、マラッカ、シャムを通って、日の本までまいりました。生駒《いこま》の油と灰が、京、堺への道をもつごとく、世のすべての産品には道がありゃあす。そのことを種子島への旅でしかと学び申した。海にあれほどの船がおろうとは、思うてもおりませなんだ」

信長が深々とうなずいた。

「海の交易に、利があればこその船の多さと存じました」

日本産の硫黄《いおう》が、中国ですさまじいほどの価格に高騰した時期がある――。種子島で聞きかじったその話をすると、信長はさらに深々とうなずいた。

「硫黄はどこで手に入る？」

「種子島より海上十五里（約六〇キロメートル）西に、硫黄島なる小島があり、そこでいくらでも手に入りまする。王直はそこで硫黄を仕入れ明国で売りさばいておるとか」

「利口な男だ」

信長が唇を噛《か》んだ。

「海には、利があるか――」

「木曾《きそ》川の何万倍も、ござりましょう」

種子島への旅で、見たこと聞いたことを、一巴は余さず信長につたえた。信長は黙って聞いていたが、その目は光に満ちている。

信長の瞳《ひとみ》には、はるかな海洋と世界が映っているようであった。

「商いをして巨富を積み上げ、その一方で白蟻をけしかければ、大明国でさえ討ち果たせましょう。けっして夢物語ではありませぬ。利があるところには、人が群がり集まり、渦が起こります。南蛮人が、このところしきりと九州に渡来しているのも、日本に銀があればこそ。人は利によって、どんな最果ての島にでも道をつくります」

みじろぎもせず虚空を睨みつける信長の脳裏で、どんな思考がめぐらされているのか――。一巴には知るよしもない。

「渦を巻き起こせ――」

「はっ？」

「利をもって人を誘え。織田の兵となれば、出自によらず出頭《しゅっとう》できる――。織田のために働けば稼ぎ放題――。さようふれまわれ」

唐突な発想だが、一巴には信長の飛躍が理解できた。

「なるほど、されば、さらに人が集まり、利がもたらされましょう」

信長は深い井戸のような若者だ、と一巴は思う。

鉄炮を教えた少年時代からそうだった。信長はあらゆる体験と知識を、貪欲《どんよく》に呑《の》み込み、新しいなにかを噴き出す。

「それはいかにも妙案。ただし……」

と、一巴は大きな目を剝《む》いてつづけた。

「けっして、おのがために合戦をなさいますな。合戦は天下万民安《あん》寧《ねい》のためになさいませ」

なにを言いたいのだといわんばかりの冷徹な目を、信長が一巴に返した。

「王直の文は、孫子の兵法にて前段があります る。――用兵の法は、国を全うするを上となし、国を破るはこれに次ぐ。鉄炮の力は、威圧につかうのがなによりでござる」

信長の目が、細くなった。うとましいものでも見るように、一巴を見すえている。

その年の四月、信長は、清洲《きよす》城を攻め落とした。

清洲城には、尾張守護《しゆごし》斯波義統《ばよしむね》と守護代織田信友《のぶとも》がいた。

信長は乱波《らっぱ》をもちいた。

清洲城下に流説をまかせ、ふたりを互いに疑心暗鬼にさせたうえで出陣。兵の損耗《そんもう》を最小限におさえて、清洲城を手にいれた。

清洲城を落としたことで、新しく大きな渦の目ができた。

それまで信長をたわけとかろんじていた尾張の地侍たちが、信長になびいたのである。

「上総介《かずさのすけ》殿についておればまちがいない」

「雇うてもらえば、銭がうんともらえるそうでや」

噂《うわさ》が噂を呼び、軍団は大きくふくれあがった。

馬廻《うままわり》の八百にくわえ、柴田権六勝家《しばたごんろくかついえ》の一千、家老の林秀貞《はやしひでさだ》が七百、それに叔父の織田信光《のぶみつ》の手勢をくわえれば、三千の人数が動かせるようになった。しかも、まだまだ増えそうな勢いである。

清洲城に移った信長は、大広間でもよおした祝賀の席で、居ならんだ侍大将たちにとんでもない軍令を発した。

「田植えに帰った雑兵《ぞうひょう》どもを呼びもどせ」

それは、戦国大名のだれもが考えつかなかった画期的な戦略であった。合戦は農閑期に百姓を呼び集めてするのが常識である。

「たしかに田植えは終わっておりますが、これから雨の季節となれば、田にはまだまだ、人手がいりまする。この時期百姓を呼びもどせば秋の実りが悪うなりますぞ」

家老の秀貞のことばに、勝家も信光もうなずいた。

「全員を呼び集めずともよい。次男、三男を集めよ」

「しかし、いまなら田で稼げる。わざわざ戦《いくさ》に来たがる者は多くはいますまい」

また秀貞が首をかしげた。百姓たちが戦場に出てくるのは、農閑期にできるだけ食い扶持《ぶち》を稼ぐためである。田に仕事があるなら、来たがる者はすくない。

「銭をたくさんやるといえ。この上総介の足軽になれば、年に六貫とふれまわるがよい」

それは、足軽としては高給だ。たいていの大名では、一人につき三貫文か、せいぜい四貫文しか扶持を出さない。

「しかし、それでは、米が足りぬであろう」

信光が、現実的な意見をのべた。

「合戦のないときは、足軽どもに、荷を運ばせ、銭を稼がせる」

信長が淡々とつぶやいた。

「とは、どういうことであろうか。ちと判じかねまする」

秀貞は、信長の父織田信秀《のぶひで》が幼い信長につけた家老だが、信秀が死んでからというもの、信長の思考と行動に、いつもなにか存念があるらしい。

「商いをするのよ。稲刈りが終わってから百姓を集めておるようでは、とてものこと、合戦には勝てぬ。働きたいあぶれ者を集めて、尾張の油と灰、米を都に運ばせる。都で産物を仕入れ、尾張で売る。美《み》濃《の》や三河《みかわ》でも売ればよい。生駒や堀田《ほった》がしておることをわしらもするまで」

「むりであろう」
勝家が吐き捨てた。清洲の主《あるじ》となった信長に、大勢はなびいている
が、稲穂が風に吹かれるように、とはいかない。みな、まだ目を眇《すが》め
ながら信長を見ている。
ことに勝家はちかごろ秀貞に同調することが多い。
ともに、ふくむところがありそうだ。
「なにが、むりか」
「商人には、商人の道がありゃあすでや。弓矢の者がにわかに真似《まね》
たところで、なにほどの利が得られるものか。それにだいいち商いに
は元手がかかる。それをどうする」
信光も、そのなかの将たちも、信長のやり方に、簡単にはうなずずか

ない。

「生駒の出戻りが孕《はら》んだ。わしの子だ。生駒の親父《おやじ》も、もう諦《あきら》めおった。銭を出すというておる」

一同が沈黙した。生駒の家がついているなら、商売はいくらでもできる。

「鉄炮には、銭がかかる。これからの合戦は銭を集めた者が勝つがや」

一巴が太い声をあげた。

秀貞と勝家は、反論せず、顔を見合わせている。

この二人は、ちかごろ信長の弟の信勝《のぶかつ》に接近しているらしい。そんな噂が、一巴の耳にもとどいている。信長は渦をつくったつもりでも、巻き込まれるほうにしてみれば、棒杭《ぼうくい》にしがみついてでも、あらがいたくなるのかもしれない。

一巴の強い口調に、勝家が睨みかえした。

「おみゃあのように、荷駄の大将に雇われよというのか」

「雇われるのではない。じぶんで荷駄を運ぶ、合戦もする。両方やってこその大将だがや。毎日合戦があるわけではない。余った人数を荷駄隊にまわす。荷駄で利を得て鉄炮を買う。足軽にもたんと銭をやる。さすればまた人が集まる。この仕組みができれば、合戦などせずとも、どこの土地の百姓どもも、わしらに従うぞ」

いくら言葉を尽くしても、秀貞と勝家は、うなずかなかった。

その年のうちに、信長の叔父信光は、まかされていた那古野城で家臣に殺された。

二年後、林秀貞と柴田勝家は、信長に叛旗《はんき》をひるがえした。信長の弟信勝を擁して信長の直轄地を切り取ったのである。

那古野城にちかい稲生ヶ原《いのうがはら》で、信長は、弟信勝と対戦した。鉄炮の力で、信勝軍を圧倒し、蹴散《けち》らした。

母の命乞いにより、信長は弟信勝とその一党を赦免したが、この決戦で、尾張の城持ち侍たちは、信長の実力を思い知らされた。

信長の巻き起こした渦が、ようやく確固たるものになりつつあった。

十三

とりとめもなく広がる浮野《うきの》の原に、陽炎《かぎろい》がゆれている。猛々《たけだけ》しく茂った夏草の陰に、兵が伏せ、息を殺している。互いに敵陣を睨《にら》み、攻撃開始の法螺貝《ほらがい》を待っている。

永禄《えいろく》元年（一五五八）七月十二日、午《うま》の刻（午前十二時）の尾張《おわり》は、強烈な太陽に照りつけられていた。橋本一巴《はしもといっぱ》の南蛮兜《なんばんかぶと》と桶側胴《おけがわどう》が、熱く灼《や》けている。汗が乾き、全身が白い塩を吹いている。夜明けからずっと続く睨み合いが、ひりひりと苦しい。

「臭いな。たまらんがや」

だれかがつぶやいた。

浮野の原は、鼻が曲がるほどの腐臭が満ちている。ひと月前にも、ここで合戦があった。そのときの屍《しかばね》が、野ざらしのまま捨てられている。

死んだ人間は、数日して腕も脚も胴も顔も、紫色に変色し、はちきれんばかりに膨れあがる。蠅《はえ》は顔と股間《こかん》に群がってたかる。やがて皮が破れ、日ごとに肉が腐敗して崩れていく。蛆《うじ》がすべての肉を食いあさり、白骨となって陽《ひ》と雨にさらされる。

そばの草むらに屍がある。蠅が狂ったように羽音を立てて飛びかっている。骸《むくろ》はうつぶせに倒れ、膨れあがった顔をこちらに向けている。おびただしい蛆が腐肉に蠢《うごめ》くので、笑っているように見える。

笑われているのは、苦界《くがい》を彷徨《さまよ》う一巴のまぬけさでもあろうか。

――死んでしまえば、なにを苦しむこともなく、いっそ気楽か。

思ってから頭をふった。

待っている苦しさについ気弱になった自分を叱《しか》った。竹筒の水はすでに飲み干し、渇いた喉《のど》を潤す水は一滴もない。

――生きることは、地獄の悶絶《もんぜつ》、餓鬼の苦しみだ。

十界《じっかい》の転生《てんしょう》をくり返してのぼりつめ、最高の仏界の歓喜を味わえる人間など、まことにいるのだろうか――。戦いの前だというのに、頭をふっても、またそんな思いが湧《わ》いてくる。

今日は、悪日にちがいない。

奇妙なほど執拗《しつよう》に、死の想いにとらわれている。

原のむこうの藪《やぶ》ぎわに、敵が布陣している。青臭く蒸れた草いきれのなかに立ちならぶ旗と幟《のぼり》に、そよとも風が吹かない。陽射しだけが白く熱く照りつけている。

敵は、こちらを殺そうと狙《ねら》っている。

一巴も、敵を殺そうと狙っている。

黙ってうずくまり、睨み合いながら、敵への憎悪を昂《たかぶ》らせている。

朝から続いていた双方の罵声《ばせい》、怒鳴り合いも、いまは途絶えた。頭上に照りつける灼熱《しやくねつ》の太陽が脳を溶かしている。足軽たちは、鉄の陣《じん》笠《がさ》に日除《ひよ》けの布を垂らしているが、そんなもので灼けつく陽射しはふせげない。

「まだでありゃあすかな……」

じっと待つことの苦しさに、金井与助《かないよすけ》がつぶやいた。

「まだだ。今日の暦は丁亥《ひのとい》にて、五行の火性《かしょう》なれば、午《うま》の刻が吉。それまで動くこととまかりならぬ、と、陰陽師《おんみょうじ》の託宣がくだっておる。待っておれ。間もなく貝が鳴る」

筋兜《すじかぶと》をかぶった与助が、とろんとした目をして首をかしげた。

「しかし、それでは岩倉《いわくら》方にとっても吉のはず。互いに吉ならどちらも勝ち。引き分けでありゃあすな」

草むらから苦笑がもれた。みな一瞬でも緊張からのがれたい。笑っているあいだは、死から目をそむけられる。

死は、いつもすぐとなりで大きな口を開けて待ちかまえている。

一巴は、嫁のあやを思い浮かべた。想念のなかで着物を脱がせた。

女の肌を感じていれば、死を思わずにすむ。甘くすがる声を思い出せば、生きている実感がある。思いのなかで抱きしめて口を吸うと、あやの笑顔が、いつしか観音に変じていた。

――南無マリア観世音菩薩《ぼさつ》。

なんどもつぶやかずにはいられない。

マリア観音に祈っていれば、死は極楽への入口だ。肉体は蛆《うじ》に喰われ、鼻を曲げるほどの腐臭を発していても、魂は天上界に遊んでいられるだろう。

どうしても想いが死に吸い寄せられる。

暑さのせいだ。ふだんなら死をおそれず勇猛に戦っている。それが今日にかぎって、みょうに怖《お》じ気《け》がついている。暑く、疲労しているせいだ。

織田信長《おだのぶなが》は、いま清洲《きよす》城の主《あるじ》である。

尾張全土に渦を巻き起こす信長にとって、まだ残る大きな敵が岩倉城の織田信賢《のぶかた》であった。ここを落とせば尾張はほぼ手中におさめることができる。

岩倉城は、清洲から北へ一里余り。東に木曾《きそ》川の支流五条《ごじょう》川が流れているので、はなはだ攻めにくい。周辺にいくつもの砦《とりで》があって、守りに隙《すき》がない。

信長は、大きく迂回《うかい》して、西の浮野に出陣した。信長の麾下《きか》二千。

犬山《いぬやま》城主織田信清《のぶきよ》が一千の援軍をひきいて駆けつけている。

岩倉方は三千が出撃したとの物見の報告だ。未明から浮野の原に布陣している。

敵味方あわせて六千の兵が、じっと息をひそめている。ときおり、散発的に銃声がひびく。こらえきれなくなった兵が、引き金をひいたのだ。そのあとの蟬《せみ》の声のやかましさ。陽がじりじりと人間を焦がす。

頭上の太陽が、南天にかかったとき、灼熱の草原を、黒い母衣《ほろ》を背負った武者が駆けてきた。信長の使番《つかいばん》である。

「橋本一巴殿に、御屋形《おやかた》様からぁ！」

「おう。ここにおるでや」

「鉄炮《てっぽう》衆は、真正面へと、ひるまず押し出せとのお言葉。命を捨てよとの仰せにござる」

「承知ッ。もとより、その覚悟なれば、念押しはご無用。鉄炮にて、敵を総崩れにさせよう」

昨夜《ゆうべ》の軍議で作戦は練ってあった。

これだけ壮大な規模の野戦は、一巴にとっても、信長にとっても未経験である。三百挺《ちょう》を大きく超えるまで数を増やした鉄炮衆をどのように効果的に運用できるか。そこが勝負となる。

軍議の席上、一巴は強く主張した。

「岩倉方が、どのような陣形で布陣するにしても、こちらは鉄炮を先鋒《せんぽう》中央に置き、魚鱗《ぎょりん》の隊形にて突き進むべし」

先鋒に鉄炮衆をすえ、こちらの戦力を正面中央に集中させる作戦である。魚のかたちをした魚鱗ならば、部隊を鶴翼《かくよく》にひらいて展開させるより、正面への突破力が強まる。

「筒先をならべて正面から射撃をつづけ、そのまま力押しの平攻めにぐいぐいゆるみなく撃《う》ち進み、ころあいを見計らい、横手から伏兵の筒で撃ち白ませまする。さすれば、敵はまちがいなく総崩れとなりましょう」

一巴は、さまざまな合戦の場面を想定し、思案をくり返した。その結果、それこそが、野戦で鉄炮の威力を最大限に発揮させる戦術だと結論づけたのだった。

——兵は詭道《きどう》。

敵を欺《あざむ》き、意表を突く作戦である。

「しかし、鉄炮衆が正面にかたまっておれば、敵は死にもの狂いでそこに打ちかかってくるであろう。魚鱗では、敵に囲まれてしまう。持ちこたえられるか」

犬山城主信清は、総崩れとなるのは鉄炮衆のほうではないかと疑念をはさんだ。むしろ、敵に攻撃目標をあたえてしまうというのである。

「それこそ、こちらの狙い。中央を狙って攻め寄せてくる敵を、横手からくずしまする」

「鶴翼にして、鉄炮衆を左右にひろげ、挟み撃ちにすればどうか。さすれば、片翼がくずれても、まだ片翼がのこるではないか」

信清がさらに反論した。

「それも悪うはござるまいが、それでは、左右の連携がとりにくく、力をまとめきれませぬ。両翼からの流れ玉に当たる者も増えましょう」

「魚鱗であれば、敵の狙いが、正面の鉄炮衆に集中するであろう。ひとたび崩れれば、もろいのは鉄炮衆のほうだ。持ちこたえられぬにきまっておる」

「そのために、日ごろより調練を怠らず、鉄炮衆どもの胆力を練っておりました」

織田の鉄炮衆は、信長自らが射撃を検分して選んだ精鋭である。もとより腹のすわった男ばかり集めてある。

一巴は、彼らをさらに鍛えた。三百人をふたつの組にわけ、一組に空の鉄炮をかまえさせた。そこに、もう一組が長柄槍《ながえやり》の穂先をそろえて突っ込んでいく。

――殺すつもりで駆けよ。

と、命じてある。鉄炮の組は、どこかで身を翻さなければ、からだを刺し抜かれてしまう。

どこまでこらえられるかが一巴の調練だった。最後までこらえた者には、褒美《ほうび》をやった。調練の最中、槍を避《よ》けきれずに死んだ者が何人かいた。

村木砦《むらきとりで》を攻めたときは、射撃上手《じょうず》の百人だけに鉄炮を撃たせた。あとの百人は玉込めに専念させ、命中の効果を高めたのだが、いまは、全員に鉄炮を放たせている。鉄炮の上手が増えたし、いかに射撃の名人といえども、戦場での集中力はさほどつづかないものだとわかってきた。

塩硝は、潤沢である。種子島《たねがしま》に残った清三《せいぞう》が、質のよい塩硝を船に載せて堺《さかい》に送ってくる。

だが、鉛は手にはいりにくい。国産の鉛は払底している。

一巴は、代替物をさがして、鉄の玉を試してみた。

鉄炮の筒は焼き入れをしていないので、同じ硬さの鉄玉を発射すれば、筒の内部に傷がついた。加工しやすい銅をつかうと値段が高くて数がそろえられない。

思案をめぐらせた一巴は、粘土に釉薬《うわぐすり》をかけ、陶製の玉を焼かせた。

最初は、筒先から飛び出すと同時に砕け散ってしまった。土を選び、釉薬を加減して、硬く焼きしめさせると、鉛玉とおなじように発射できた。甲冑《かっちゅう》への貫通力もある。鉛にはおよばないものの、それでもなんとか実用性があった。なにより、値段がやすく数がそろえられるのがうれしい。

射撃練習ならば、陶弾さえ必要ない。味噌《みそ》を玉の大きさに丸め、紙で二重、三重に包んだ。玉薬《たまぐすり》を少なめにすれば、それでも発射の衝撃に耐えられる。

今日の合戦のため、鉄炮衆は、各自、十発の鉛玉と、百発の陶弾を持っている。玉薬は、新しく調合したばかりのがたっぷりある。湿気を吸っておらず、不発の少ない良い玉薬だ。

準備をととのえて、昨夜の夜半から浮野に陣を張った。

必勝の気構えである。全軍の士気は高い。

それでも、じりじりと陽に灼かれていれば、死の不安が脳裏をかけめぐる。地獄の亡者が、すぐそこで手招きする。

そんな時間が、とてつもなくゆっくりと過ぎた。

貝の音がひびきわたった。鉦《かね》、太鼓がけたたましく打ち鳴らされた。

「時こそ、きたれり」

一巴は、立ち上がると、高々と指揮杖《しきじょう》をかざした。「てつはう　天下一」の大旗が青空にかかげてある。入道雲が猛々しい。

「盛大にぶっ放してくれよう。ぬかりなくしたくせい」

よく通る声が草原にとどろくと、鉄炮衆が喊声《かんせい》をあげた。

「二百歩まで近寄ったところで撃つがや。よいな」

三百挺の鉄炮が一団となっての進撃は、なんども野に出てくり返し調練した。百人が一列となって、前に進み、号令とともに膝《ひざ》撃《う》ちで玉を放つ。撃ち終わったら、つぎの列の百人が、百歩前に駆けて射撃。さらにそのつぎの百人が、また百歩駆けて射撃する。これをくり返しつつ、敵の正面を押し崩す。

敵の武者が駆け込んでくれば、鉄炮衆の列は乱れる。

百人の遊軍が、手槍で鉄炮衆を守っている。列が乱れてもまたすぐもとに戻るように、一巴は、列に馬を駆け込ませて調練をくり返した。下知《げち》が行きとどきやすくするため、百人をさらに二十人ずつ五組にわけ、小頭《こがしら》をつけている。

一番組百人の頭《かしら》は、つい先日まで岩倉方に加勢していた佐々成政《さっさなりまさ》だ。鉄炮の腕より、度胸と腹のすわり具合で選んだ。

佐々の家が拠点とする比良《ひら》の館《やかた》は、那古野《なごや》城と岩倉城の真ん中にある。四年前に父親が死に、比良の館と所領をうけついだ成政は、信長の鉄炮軍団を観て腰を抜かした。すぐさま岩倉方に叛旗《はんき》をひるがえし、信長の麾下《きか》にはいった。成政は信長より年上だが、鉄炮の威力に圧倒された。

「駆けよッ」

成政の号令で、鉄炮衆が前に走った。

「放てッ」

轟音《ごうおん》がとどろき、百挺の鉄炮が火を噴いた。

原のむこうで、敵先鋒の弓衆が、ばたばたと倒れた。

二番組の百人が、前に駆けて列を布《し》いた。

「放てぇ！」

組頭前田利家《まえだとしいえ》の声が甲高《かんだか》くひびき、百挺の筒が玉を放った。利家は、小姓上がりの若武者で、鉄炮への想いが強い。

三番組は、一巴自身が頭を兼ねている。一巴の三人の弟と橋本家の郎党《ろうとう》たちは、この組にいる。

三百挺の鉄炮は、火を噴き、玉を放ちつつ、前へ前へと押し進んだ。すさまじい炸裂《さくれつ》音と塩硝の匂《にお》いが、戦場に満ち満ちた。

草を踏み、屍を蹴《け》って鉄炮を放ちつつ進んだ。

岩倉勢先手《さきて》の弓衆が矢を射かけてきたが押してくる威力がまるでない。鉄炮の玉が飛んで来るが、せいぜい二、三十挺で、ものの数ではない。

「こいつはおもしろい」

弓の射程は鉄炮の半分だ。当てようとすれば、敵は、こちらの射程内で立ち止まらなければならない。おもしろいほど、ばたばたと敵が倒れた。

「馬が来るぞッ！」

弓が届かぬと悟った岩倉方は、騎馬武者を駆けさせた。手槍をふりまわし、鉄炮衆の列に突っ込んでくる。

「馬を狙え」

馬には玉が当たりやすい。どこに当たっても、武者は落馬するしかない。

騎馬武者につづいて駆けてきた長柄槍《ながえやり》の部隊が、続々と野に倒れて血を噴いた。倒れなかった者は、槍を捨て逃げ去った。

それでも、敵はどんどん新手《あらて》を繰り出してくる。

敵の弓衆が懸命に前に出て矢を放つと、何人もの鉄炮衆が斃《たお》された。

細長い魚鱗は、両側から攻められやすい。鶴翼に開いた敵が、しだいに翼をせばめ、先頭の鉄炮衆に狙いを定めて攻撃をしかけてくる。

いつしか鉄炮衆は囲まれていた。もはや、前に駆けられぬ。弓が浴びせられ、槍衆が押し寄せてくる。

じりじりと、後ろに下がるしかなくなった。

そのとき、はるか向こうで、雷鳴がとどろいた。

伏兵にしておいた五十挺が、敵の後方を突いて、射撃を開始したのだ。

「いまぞ。放てッ」

もはや、部隊そろっての射撃はできない。鉄炮衆の一人ひとりが、敵を狙い撃ちする。

敵が、背後からの射撃に浮き足立った。

「ここが切所《せっしょ》だッ。撃てッ、撃てッ」

一巴は、声をかぎりにさけんだ。鉄炮の音が、どんな雷鳴より、はげしく浮野の原にとどろきわたった。

敵が、崩れた。

逃げていく。

鉄炮衆が、ぐいぐい前に押し出した。

さらに、敵が崩れ、押してくる力がまるでなくなった。

「駆けよ、駆けよ」

目の前に敵がいなくなると、鉄炮衆を駆けさせた。

岩倉方は崩れた。崩れたところに、信長勢の槍隊が駆け込み、追い討ちをかけた。野に数百の屍がころがり、夏草が血で紫に染まった。

もはや敵の姿は見えない。

鉄炮衆も腰の刀を抜いて斬《き》り結ぶつもりだったが、白兵戦を演じようにも敵が見あたらない。

土居《どい》と堀をめぐらせた岩倉の城館が見える。門が閉ざされている。敵兵は土居のうちに逃げ込んだらしい。

「そろそろ、筒がいかんがや」

一番組の組頭成政が、大声をあげた。

玉を一発放つごとに、鉄炮の筒の内側には粘り気のある煤《すす》がたまる。

硫黄《いおう》の滓《かす》なので、卵の腐った臭《にお》いがする。煤がたまると、玉がつかえて込められない。玉径のちいさな劣り玉を用意しているが、それにも限度がある。

「あそこに小川がある。物見を立て、交代で筒を洗え」

一巴が命じた。一番組の衆が小川まで駆け、鉄炮の目釘《めくぎ》を抜いて銃床をはずした。

鉄炮の筒の尻《しり》には、ねじが切ってある。尾栓《びせん》がはめてある。数十発の射撃をくり返すと、筒ばかりでなく、ねじの溝に煤が入り込み、尾栓がほどけにくくなる。鉄炮衆たちは、たがいに筒を持ち合い、尾栓の穴に鉄の棒を通して、力任せにはずした。

川の水に筒をつけ、棨杖《カルカ》の先に小さな布をつけて洗う。

水を通して洗えば、真っ黒い煤が、おもしろいほどきれいに落ちる。筒の中をのぞけば、光の輪が甦《よみがえ》っている。

火皿についた煤を、馬の毛の刷毛《はけ》で洗い、火穴に鯨《くじら》の髭《ひげ》を通す。

洗い終わったら水気をふき取る。丁子油《ちょうじあぶら》を塗り、尾栓をねじ込む。銃床にはめ、目釘を挿《さ》して元通りに組み立てるまで、慣れた鉄炮放ちならば、たいした時間はかからない。

赤母衣《あかほろ》武者が馬で駆けてきた。

「勝ちじゃ。われらの勝ちじゃあ。勝《か》ち鬨《どき》をあげるがやぁ」

大声を張り上げて駆けぬけて行った。

「勝ったのか？」

成政が一巴にたずねた。戦場の真ん中にいると、自軍が勝っているのか負けているのか、よくわからない。

一巴は、天を見上げた。陽の傾きを見れば、もう一刻《いっとき》以上も野原を駆けまわっている。

「勝った。ここからまた大きな渦が巻きはじめる……」

一巴の肌に粟《あわ》が立った。自分のやっていることを恐ろしくさえ感じた。鉄炮衆の圧倒的な勝利であった。

「渦……？」

成政が首をかしげている。

「御屋形様が、渦を巻き起こした。いくらでも勝つ。いくらでも勝てる」

見回したが、あたりに敵の旗指物《はたさしもの》はない。夏の野が、ぎらぎらと陽を浴びているだけだ。

一巴は、鉄炮衆をまとめると、隊ごとに駆けさせた。

岩倉の館が見える草原に、信長の軍勢がそろった。土居や館に立つ旗さえ、力がない。一方的に押した戦闘だったので、死傷者はすくなかった。

馬上の信長が、天を仰いでいる。緋羅紗《ひらしゃ》の陣羽織が目にまぶしい。

「鬨《とき》をあげよ」

甲高い信長の声が、夏空によくひびいた。今日の戦《いくさ》は、ここまでだ。

三千人があげる鬨は、岩倉の館をゆるがした。城内からは一本の矢も飛んでこない。

信長が、ゆるりと馬を歩ませた。

鉄炮衆にちかづいてくる。

馬上の信長が、無言のまま小さな革袋を投げてよこした。ずしりと重いその中身は、金の粒だろう。

「ありがたきかな」

思いのほか勢いのある勝ちに、胸が熱かった。

一巴は、自分のやってきたことが正しかったのだと、はっきり確信をもった。鉄炮がなにによりの力だ。鉄炮があれば、これからの合戦は全戦全勝まちがいない。

鉄炮が渦を巻き起こす——。

その真ん中に立つのは、信長だ——。

信長は、馬に笞《むち》をくれて駆けさせた。清洲城へ帰る道だ。足軽が、駆けてあとを追った。一巴は、郎党にひかせていた馬にまたがった。

信清の軍勢は、反対の犬山城へと帰った。

陽はまだ高く、入道雲が白く輝いている。

「鉄炮の威力、ここに極まれりというところでありゃあすな」

馬で駆けてきた利家が、うれしそうに鉄炮をなでた。頭は鉄炮を放たぬが、やはり撃ちたい。何発かは放っただろう。

「まさに怖いものなし。このまま京《きょう》はおろか、唐天竺《からてんじく》までも突き進めそうだがや。さえぎる者はおりゃあせんで」

成政も予想以上の圧勝に驚いていた。鉄炮衆はみな浮き立っている。

「慢心するな。いずれ、どこの軍勢もたくさんの鉄炮をそろえるようになる。そうなれば、こんなふうに簡単にはいかぬ」

自分に言い聞かせるつもりで、一巴は若い連中をいましめた。よいことばかり続くはずがない。それが世の中だ。寸善尺魔《すんぜんしゃくま》がこの世のならいである。一寸のよきことには、一尺の魔がまとわりつく。

それでも、勝ち戦はうれしい。

しばらく手柄自慢をしながら揚々と行軍していると、うしろから大声がひびきわたった。母衣武者が追ってきた。

「浮野に引き返せ。犬山勢が、岩倉に襲われた」

一瞬にして、一巴の血が冷えた。やはり慢心は禁物だ。

「引き返せ。走れ、走れ」

大声でさけんだ。成政があわてて駆け寄ってきた。

「待ち伏せか」

「こちらが二手にわかれたので、与《くみ》しやすいほうにくらいついたのであろう」

一巴は、馬に笞をくれた。

鉄炮衆が駆けると、首からかけた玉入れや玉薬入れ、打飼袋《うちがいぶくろ》がやかましく音を立てた。

岩倉城の北にまわり込むと、荒れ地に雄叫《おたけ》びが満ちていた。犬山勢と岩倉勢が入りみだれて、すでに乱戦の様相である。

「小組に分かれよ」

鉄炮衆は二十人ずつの組に分かれた。小頭の下知で射撃を開始した。原のあちこちに深い藪《やぶ》があるので、どこから敵が飛び出してくるかわからない。一巴は二十人を引きつれ、できるだけ見通しのよい足場をさがした。

敵も味方もちりぢりになって戦っている。

不動明王の指物《さしもの》を立てた一団がいる。岩倉勢だ。距離にして百五十歩か。

「あれを狙え」

二十人が膝に鉄炮をかまえて、玉を放った。敵がばたばた倒れた。

「おおい。〝てつはう天下一〟の大旗は、鉄炮狂いの一巴ではないかぁ」

大音声《だいおんじょう》がとどろいた。

「そう言うおまえは、どこのだれだがやぁ？」

一巴が返した。

「たわけぇ、わしの声を忘れたかぁ。自慢の矢を当ててやろぉ」

敵ながら、たしかに聞き覚えのある声だ。

「わかったぁ。おみゃあは、浅野《あさの》の林弥七郎《はやしやしちろう》だな」

「よくぞ聞きわけたぁ。頭が鉄炮に狂っておるゆえ、忘れたかと思うたぞ」

浅野村の弥七郎は、荷駄隊の警固として生駒《いこま》家に出入りしていた。弓の上手で、痩身《そうしん》ながらも強弓《こわゆみ》を引き、百歩はなれた鶴《つる》の首をあやまたずに射貫く。

何年か前、弥七郎とは、生駒屋敷でつかみ合いの喧嘩《けんか》をしたことがある。

――弓と鉄炮のどちらが優れているか。

屋敷で顔をあわせたとき、そんな論争をはじめてしまったのだ。

「弓のほうがええに決まっておろう。雨が降ったら、鉄炮は放てやせん。火縄が消えたら、なんとする。しかも放つまでに時間のかかることはどうじゃ」

だれもがまず第一にあげる鉄炮の短所を、弥七郎もあげつらった。

「たわけぇ。鉄炮のほうが、遠くまで飛び、鎧《よろい》の胸板をつらぬくがや。弓にそれができるか」

そんな論争のはてに腕くらべをした。

百歩先に草鹿《くさじし》（鹿をかたどった的）をつるし、二十ずつ放った。

両者、一弾も一矢もはずさず、みごと真ん中の星に命中した。

「すこしはできるな」

「おみゃあも、悪い腕ではない」

仲直りのために酒を呑《の》みはじめたが、やはり、話は弓と鉄炮の優劣論争にもどった。

酔いの勢いもあって、取っ組み合いの喧嘩になった。生駒親正《ちかまさ》や郎党たちが割ってはいって止めたので怪我《けが》をせずにすんだが、ほうっておいたら、ふたりとも刀を抜いて斬《き》り合っていただろう。それほど激《げっ》昂《こう》していた。

「ここであったが天の導き。いつぞやの決着をつけるがや」

「望むところ」

馬を飛び降りた一巴は、すぐさま鉄炮に火縄をつがえた。

「ひの、ふの、みいぃで放つ。それでよいな」

「承知じゃあ」

火蓋《ひぶた》を切ると、一巴は立ち放ちにかまえた。何度も音を立てて、首の骨を鳴らした。

四十九人目だ――。

頭のなかで、反射的に数字が浮かび上がった。いったい何人あの世に送れば、安寧《あんねい》な世の中がおとずれるのか。

――南無マリア観音。これ以上は、もう殺さずともよかろう。

そう念じて、引き金に指をかけた。

「よいかぁ」

「おう。おみゃあこそ、抜かるなよ」

二人の声が、夕暮れの野にひびきわたった。

「ひのぉ、ふのぉ……」

「みぃッ！」

引き金をしぼると、炸裂音がとどろき、筒先から火が噴き出した。

目当ての先で、弥七郎が、のけぞって倒れた。

「おれの勝ち……」

正面を向いて叫ぼうとしたとき、風を切って矢が飛んできた。鏃《やじり》は、もどしのついた大きな腸繰《わたくり》だった。目の前で静止したようにはっきり見えたのが奇妙だった。

つぎの刹那《せつな》、右の腋《わき》が凍《い》てついた。氷が突き刺さった冷たさに、総身が痺《しび》れた。

見れば、腕の付け根に深々と矢が刺さっている。

他人事《ひとごと》のように、冷静だった。

――死ぬだろう。

と思ったとき、口いっぱいになま暖かいものがこみ上げた。手で受けると、真っ赤な血である。二度、三度、血を吐くうちに、氷の冷たさが、灼熱の炎に変じた。右腋から熱がひろがり、全身が灼けて火照《ほて》った。そのまま地面に倒れた。

郎党が、駆け寄って抱えてくれた。意識が霞《かす》んで薄くなり、遠のいていく。

――これが、黄泉路《よみじ》への旅か。

さらに意識が霞んだ。

嫁のあやを残していくのが、気がかりだ――。

意識が遠ざかった。真っ暗な闇《やみ》がすべてを閉ざした。

十四

亡者どもが、闇《やみ》のなかで蠢《うごめ》いている。

頭が半分吹き飛ばされた男、片腕をぶら下げた男、腹から長い腑《はらわた》をひきずっている男。大勢の男たちがほどけた髷《まげ》を大童《おおわらわ》に振り乱し、真っ赤な血と臓物にまみれ、転がり、呻《うめ》いている。

——地獄か……。

どう見回しても、そうとしか見えない。

どこかで赤い火が燃えているのは、火焔《かえん》地獄か。

鉄炮《てっぽう》で殺戮《さつりく》をかさねた。地獄に堕《お》ちるのはしかたあるまい。撃《う》つたびに、マリア観音に祈った。撃たれた者は、極楽に行ったか——。

亡者どもが、橋本一巴《はしもといっぱ》に気づいた。青い亡者、赤い亡者が、手をのばし、足をひきずって、こちらにやってくる。目をこらすと、闇からいくらでも亡者どもが湧《わ》いてくる。

「おまえの鉄炮が……」

恨みがましい声で、こちらに寄ってくる。のびた手が、一巴の首を絞めつける。右腕の付け根で火が燃えているように熱い。

金棒を持った鬼がやって来た。形相が凄《すさ》まじい。

「山に登れ」

見れば、真っ赤な空に針の山がそびえている。亡者どもが気鬱《きうつ》げに登りはじめた。

なかに、ためらい、立ち止まった亡者がいた。

鬼が金棒を振り下ろすと、亡者の頭が砕けた。割れた頭から、脳漿《のうしょう》がしたたり、二つの目玉がぶらさがった。

「登らなければ、こうだぞ」

頭を砕かれた亡者が、しぶしぶ針の山を登りはじめた。

一巴も登った。隙間《すきま》なく針が立っているので、容赦なく足に突き刺さる。手をつけば、手に突き刺さる。転がれば、からだじゅうに突き刺さる。泣き声があふれた。大の男がすすり泣くほど、針の山は痛く辛い。

「飛び込めッ」

鬼にせきたてられ、針山のいただきから煮え立つ血の池に飛び込んだ。熱くなまぐさい血に、全身が爛《ただ》れる。肌が溶け、肉が崩れる。苦《く》悶《もん》は激しい。

――死ぬことさえ許されぬのか。

与えられる痛みと苦しみを、ただ全身で受けるしかなかった。痛みと苦しみだけが、一巴の存在のすべてだった。

「おまえ、こっちへこい」

鬼の金棒にひっかけられ、血の池から引きずり出された。そのまま、引きずられ、閻《えん》魔《ま》大王の前に転がされた。

「おまえは、尾《お》張《わり》片《かた》原《はら》一《い》色《しき》の橋本一巴か」

さようでございます、と、答えたつもりだったが、声が出ない。ひゅるりと風の音がしただけだ。見れば、右腕の付け根に大きな穴が開いている。そこから風がもれている。

「おまえは、あっちだ」

意味がわからない。閻魔は、大目玉を剝《む》いた忿怒《ふんぬ》の形相で一巴を睨《にら》んでいる。

閻魔の頭上に、淡く白い光がさしている。

その光のなか、はるか天上に、マリア観音が立っている。

痛みだけを感じて、見上げていた。すこし涙がにじんだ。

鬼の棒で、頭を突かれた。

「さらに苦しめ。もっと大きな責め苦が待ち受けておろう」

一条の白い光が頭上にひろがった。
光が一巴をつつんだ。
明るい――。まばゆい――。
痛い――。
痛みが、心の臓の鼓動にあわせて、全身をずきずき駆けめぐる。
――痛い。
全身がこわばっている。さらに激しい痛みが、全身をしばりつけた。
十万本の太い針で貫かれ、真っ赤に熾《おこ》った炭火に寝かされているほどの苦悶である。
――痛い。
一巴は泣いた。痛くて苦しくて涙が流れた。

――おまえさま。

マリア観音の甘くやわらかい声が聞こえた。

いや、この声は――。

「おまえさま。死なないでください」

頬《ほお》にやわらかい肌が触れた――。

これは、知っている。嫁のあやの頬だ。あやが、頬ずりをしている。

目を開けようとしたが、どうしても開かない。

「ぁ……」

かろうじて、息だけがもれた。

「おまえさま。生きておりますね。生きておりますのね」

やわらかい手が、一巴の喉《のど》もとにふれた。あやの手だ。

うなずいた。

「うれしい。死なないでください。わたしが助けます。かならずお助けします」

動けない。目も開かぬ。全身がひどく痛む。熱い。

痛みと熱に責め苛《さいな》まれている。

唇に、やわらかい感触があった。

あやの唇が触れている。唇のあわいから、水が流れてきた。命が流れてきた。干からびていた口中が潤い、灼《や》けていた喉が命を得た。二度、三度、あやは口移しで、水を含ませてくれた。切れ切れに途絶えがちだった呼吸が甦《よみがえ》った。

息をするたびに、右腕の付け根が、激しく疼《うず》いた。

脈に合わせて、血と疼きがかけめぐる。

「おまえさま。お助けいたします」

傷口に、あやの唇が触れた。舌で舐《な》めている。痛みのなかに、やわらかな慈悲の感触がある。痛みがやわらぐ。舐めて傷のなかの毒と膿《うみ》を吸い出してくれている。

――あやこそが、マリア観音だったか……。

一巴は、癒《いや》されていた。また意識が遠のいた。

頭がずきずき痛い。全身が痺《しび》れて疼く。熱がある。喉が渇く。腹がしぶいくせに、尻《しり》の穴がゆるい。下痢糞《ぐそ》が垂れ流しだ。情けない。

「おまえさま。きれいにいたしますよ」

あやの声が聞こえた。

返事はできない。目が開かない。呻いて寝ているだけだ。

腰が動いた。あやが、汚物をぬぐっている。さっぱりした感触が甦った。生きられるかもしれない――。

「重湯《おもゆ》をうすく作りました」

唇のあいだから液体が流れ込んだ。とろりとした米の味がうれしかった。二口、三口。もっと食べたかった。

「すこし、痛《いと》うございますよ」

なにをいわれても、されるままにしかならない。

腕の付け根を、鋭い痛みがつらぬいた。

つづいて唇のやわらかい感触。小刀で傷を切開してから、膿を吸い出しているらしい。傷に疼きが走り、全身に脂汗《あぶらあせ》がながれた。膿を吸い終わると、あやは、しぼった布で全身をていねいに拭《ぬぐ》ってくれた。団扇《うちわ》で風を送ってくれた。

おぼろな意識のなかで、生きたいと望むようになった。

熱と悪寒にうなされ、駆けめぐる痛みに耐えて苦悶の海を漂泊するうちに、どれほどの日が過ぎたか。

一巴は、ようやく目が開けられるようになった。

天井に見覚えがある。片原一色の館《やかた》らしい。

そばに、だれかがすわっている。あやだろう。

「おまえさま。気がつかれましたか」

うなずくと、あやが一巴に頬ずりをした。

「うれしゅうございます。うれしゅうございます」

涙をながして、よろこんでいる。生きているのだと、ようやく確信がもてた。

「力をつけてくださいませ」

あやが、どろりとした重湯を口移しに流し込んでくれた。ゆるい腹にも、しまりが出てくる気がする。

「よい季節になりましたよ」

あやが、障子を開けた。

伏したまま、顔を横にして、外をながめた。

まぎれもなく、片原一色の館であった。

見慣れた土居《どい》がある。土居に茂った草と空に、秋の気配がある。いわし雲の空を、秋あかねが飛んでいる。

「生きていたか……」

声が出た。

「おまえさま」

あやが、泣いて抱きついた。頬が濡《ぬ》れている。

「おまえの、おかげだ」

抱きついた肌の甘い香りが、生きる力を与えてくれた。

「あばらが何本も砕けておりましたゆえ、気が気ではありませんでした」

「馬糞《まぐそ》を……」

飲ませたのか、たずねたかった。矢傷のときは、馬糞を水で溶いて飲ませるのが特効薬だといわれている。

あやは、首をふって笑った。

「わたしが舐めたほうが、よほど薬になります」

たしかにそのとおりらしい。


起きられぬまま何日もが過ぎた。

満ちていた月が欠け、さらにまた満ちていくのを、薄い褥《しとね》からじっと見守った。

満月のもとで、土居のすすきが穂をひらき、虫たちがやかましく鳴いている。

――おれは……。

生きている。

痛みは、まだとれないが、右手が動かせた。指を一本ずつ動かすたびに痛みが走る。それでも、ちゃんと曲げることができる。握ることができる。

あやのいないときを見計らって、上半身を起こしてみた。左手をつけば、なんとか起きられた。からだの肉はげっそり削《そ》げて、胸板がずいぶん薄くなった。右の肩は痛みが激しい。それでも、腕は動かせる。筋は切れていない。

立ち上がろうとしたが、まだ無理だった。

それからまた、何日も何日もが過ぎた。

痛みが、すこしずつ弱くなっていった。

上半身は、無理なく起こせるようになった。いつも、あやのいないときに起きる練習をした。立ち上がるのは、かなり難しかった。

粥《かゆ》をたくさん食べるようにした。

「よく召し上がれますこと」

あやが安堵《あんど》の微笑《ほほえ》みを見せるようになった。

寒そうな風に障子がよく鳴る日、一巴は、ようやく自分ひとりで、褥から立ち上がることができた。

よろめいてふらふらした。眩暈《めまい》がする。

足の臑《すね》は、見る影もなく細くなっているが、それでも立てた。

腕を伸ばしてみた。左腕は、真上にあげられる。右腕は、痛い。まだ無理だ。動いてくれるならそれでいい。

縁廊下に足音があった。障子を開いたあやが驚いている。

「だいじょうぶでございますか」

あやの顔が窶《やつ》れている。生きる精気をすべて一巴にそそぎ込んだのだ。

一巴がうなずくと、あやが寄り添った。肩をかしてくれた。

「おまえのおかげで、生きられた」

「おまえさまに力があったのですよ」

一巴はあやを抱きしめて口を吸った。そこに生きる力の泉があった。

「おまえが慈しんでくれたからだ」

あやのからだは熱くやわらかい。甘い匂《にお》いに、一巴の股間《こかん》が勃然《ぼつぜん》と反応した。

「そこに寝るがよい」

「そんな、まだ……」

あやが、ためらった。一巴は帷子《かたびら》を脱ぐと、自分が褥に寝た。

一巴のからだの真ん中で、生きる意志が屹立《きつりつ》していた。

「ほれ……」

目でうながすと、あやは唇を噛《か》んだ。恥ずかしそうにうつむいた。

小袖《こそで》を脱いでゆっくりかがみ、一巴の腰のうえに自分の腰を沈めた。

あやの熱い命が、一巴の命を包んだ。

十五

清洲《きよす》の城は、川のほとりにある。

その名のとおり、いつもは浅くおだやかに澄んだ流れだが、秋の終わりに冷たい雨がつづいたせいで、水は泥に茶色く濁っている。

川原に、鉄炮《てっぽう》衆の一団がいる。

むこうに、大きなむくい犬がつないである。

腰に鉄炮をさした足軽が、犬の鼻先でなにかの肉をふっている。首に結ばれた綱がまっすぐに張り、痩《や》せ犬が唸《うな》って、しきりに吠《ほ》えたてる。

足軽が、肉を自分の桶側胴《おけがわどう》の肩にはさんだ。

こちらに駆けもどって、射撃のしたくをした。火皿に口薬《こうやく》を盛った。

「切れ」

わきに立つ小頭《こがしら》が、指揮杖《しきじょう》をふった。

杭《くい》のそばにいた足軽が、綱を切った。犬がこちらに疾駆してくる。

足軽があわてた。火縄をつがえようとして、もたついている。火蓋《ひぶた》を切ったときには、もう、犬がすぐそこに迫っていた。

鉄炮が火を噴いた。玉ははずれた。犬が足軽に飛びかかった。肩に喰《くら》いついた。たちまち肉を呑《の》み込むと、足軽の首に牙《きば》を立てた。

「下手《へた》くそが」

男たちが棒で犬を打擲《ちょうちゃく》し、首に縄をかけた。

「敵なら、殺されておるがや」

小頭が、樫《かし》の杖《つえ》で男の頭を殴りつけた。男は首から血を流している。もうすこしで喉笛《のどぶえ》を食いちぎられるところだ。

「つぎッ!」

べつの鉄炮足軽が、同じように犬の鼻先に肉片をかざして駆けもどった。手早く玉を込め、火皿に口薬を盛った。犬が放たれ、こちらに駆けてくる。

足軽は、火縄をつがえ、火蓋を切った。左腕で銃身をささえ、肘《ひじ》を膝《ひざ》に固定した。狙《ねら》いをさだめて引き金をしぼると、炸裂《さくれつ》音とともに筒先から火が噴き出した。

駆けてきた犬が、もんどり打って転がった。

「よし。つぎッ」

犬は小屋にたくさんつないである。鉄炮衆は順番に駆けてくる犬を撃《う》った。当たらぬ者は犬に咬《か》まれ、小頭に棒で叩《たた》かれた。

「これなら、鉄炮衆に度胸がつくわい」

佐々成政《さっさなりまさ》が得意げだ。

橋本一巴《はしもといっぱ》が大怪我《けが》で臥《ふ》せっているあいだに、織田信長《おだのぶなが》は、しきりと鉄炮衆を鍛えていたらしい。犬をしかけることを考えたのは、信長だという。修羅場に慣れさせるための調練であろう。

人の気配にふり向くと、細めの革袴《かわばかま》をはいた信長がやってきた。永《えい》楽銭《らくせん》を象嵌《ぞうがん》した鉄炮を、小姓が抱えている。

「生きておったか」

足を止めぬまま、信長が一巴に声をかけた。

「ありがたいことに悪運つよく生きております」

「大怪我と聞いたぞ」

「はい。四寸の鏃《やじり》が深々と腋《わき》に刺さっておりました」

よくぞ生きられたものだと自分でも驚いている。

抜いた鏃は、一巴も見た。抜いたのが、あやだと聞いてさらに驚いた。まわりの者がもう死ぬものと諦《あきら》めたのに、あや一人が諦めず、金《かな》井与助《いよすけ》にからだを押さえさせ、小刀で身を切開しながら抜いたのだという。

敵の林弥七郎《はやしやしちろう》は、眉間《みけん》に玉が当たり、即死したと聞いた。

「気にかけていただいて、かたじけないかぎり。これまで以上に、鉄炮のこと励みたいと存じまする」

一巴の言うことを最後まで聞かず、信長は犬に向けて鉄炮をかまえた。

「それッ」

声をかけると、あちらで犬を放した。

信長のわきで小姓が肉片をふっている。それに向かって駆けてくる。

三十歩ばかりに迫ったところで、信長が引き金をしぼった。大きな黒犬の顎《あご》がくだけ、前のめりに地面にころがった。

「鉄炮衆は、佐々、前田《まえだ》の二人に任せてある」

信長の声が、鉄炮の音より大きく聞こえた。一巴は愕然《がくぜん》とした。手塩にかけて育てた鉄炮衆である。生きているかぎり、自分が奉行でいられるものだと思っていた。

信長が一巴を見すえている。

尾張《おわり》を席捲《せっけん》するこの若棟梁《とうりょう》は、いつのまにか、とてつもない迫力と威厳をそなえていた。さして大きくもない男なのに、すっくと立つ姿に、威圧感があった。

「運の悪い男は使わぬ」

一巴は、奥歯を嚙《か》みしめた。頭が熱を発して返事ができない。

「…………」

――こうして生きながらえたことこそ強運の証《あかし》。

そう反論したつもりが、声にならない。悔し涙を必死にこらえた。

ことばにならぬ思いを呑み込み、深々と頭を下げた。運の悪い男は、立ち去るしかない。

「お世話になり申した」

立ち上がって踵《きびす》を返した。三十歩あるいたところで、背中に信長の声がかかった。

「鉄炮は放てるか」

片原一色《かたはらいしき》の館《やかた》で、なんども試した。右の肋《あばら》が痛み、思うにまかせない。ようやく引き金をひけるだけだ。

「むろん、放てまする」

信長が、小姓に目配せした。小姓が鉄炮をさしだした。

自分で玉薬《たまぐすり》と玉を込めた。槊杖《カルカ》をあやつっていてさえ、右腕が痛む。骨と筋はつながっているがぎこちなく軋《きし》む。

膝でかまえた。ぎしりと右肩が鳴った。犬の鼻先で肉片をふった小姓が、駆けもどり、肉を一巴のふところにいれた。

信長が右手をかかげた。

綱を切られた犬が駆けてくる。

筒先を犬に向けたが、狙いがさだまらない。犬が疾駆してくる。すぐそこに迫ったところで、引き金をしぼった。

玉は、はずれた。

大きな犬が一巴に飛びかかった。鉄炮で横殴りにしたが、犬の跳躍が早かった。飛びかかられて一巴は転んだ。犬の牙が一巴の腹に喰いついた。だれも助けない。

一巴は、犬の首を左手でつかみ、力をこめた。ふところの肉片をさぐって、犬は無闇《むやみ》に咬みついてくる。思い切って親指に力をこめると、犬は涎《よだれ》を垂らして息絶えた。

立ち上がると、信長はもう一巴を見てはいなかった。つぎの犬に向けて鉄炮をかまえている。

一巴は鉄炮を拾って、小姓に返した。頭を下げて立ち去ろうとした。

背中で銃声を聞いた。

また信長の声がかかった。

「おまえに、なにができるか？」

ふり返ると、信長が目をつり上げて睨《にら》んでいた。一巴は片膝をついた。

「それがし、床《とこ》に臥せりながらずっとそれを考えておりました」

「役立たずの用無しならば、早々に去《い》ね。片原一色の城を出るがよい」

一巴は、あらためて目の前の男を見つめ直した。

そこに立っているのは、いままでに見たことのないけわしい顔の信長である。

ひとつ合戦に勝つごとに、信長は峻厳《しゅんげん》さを増すのか――。

一巴には、信長が人に見えなかった。

人であるより、強烈な意志の塊に見えた――。

「城を退去せよとおっしゃるか」

「弟がおるであろう。橋本の家は弟に任せよ」

ようやくのことで怪我が癒《い》え、戦列に復帰できると喜んでいた。鉄炮は放てずとも、指揮はできる。

それが、かなわぬ夢と消え果てた。

一巴は、膝をついたまま奥歯を噛みしめた。

「働きがない者は、去ね」

いい捨てた信長が鉄炮を放った。犬がのけぞって倒れた。

信長にとって家臣は人ではなかろう。どれだけ働くか、役に立つかだけが問われている。

「働きはござる。この一巴、御屋形《おやかた》様のお役に立ちまする」

つぎの鉄炮を受け取りながら、信長が横目でながし見た。

「なんの役に立つか」

一巴はうなずいた。

鉄炮は放てなくとも、できることがある。傷の疼《うず》きをこらえながら考えていたのはそのことだ。

「天下を、お取りなされませ――」

信長が、目を剝《む》いた。

無言のまま一巴を見すえた。

まわりにいた成政や鉄炮衆、小姓たちが動かなくなった。みなが、一巴を見すえている。

「御屋形様が、天下の主《あるじ》となりなさいませ。この一巴、天下取りのお役に立ち申す」

一巴は目に力を込めて信長を見つめた。

「死に損なって頭が爛《ただ》れたか」

尾張一国さえ、まだ思うにまかせぬ信長である。天下のことなど、語るのが烏滸《おこ》がましかろう。

「策はわが胸中にあり。鉄炮なれば、その力がある」

ふん、と鼻を鳴らして、信長がそっぽを向き、鉄炮をかまえた。

声をかけて犬を放させた。

綱を切ったが、犬は走らない。あたりの地面を嗅《か》ぎまわっている。

信長が引き金をしぼった。犬は跳ねるようにひっくり返った。

「……どうやって天下を取る」

信長が、犬を見つめたままたずねた。

「王直《おうちょく》の言うたとおりになさいませ」

ふり返った信長が、無言のまま一巴をねめつけた。眉間の皺《しわ》が深い。

「戦わずして人の兵を屈するは、善の善なる者なり、と、唐《から》の賢者が教えております。天下を血で染めず、そっくり掌《てのひら》に収めなさるがよろしかろう」

信長は一巴を見すえたまま口を開いた。

「人は、矢玉に屈するより、利に屈したがる。いま、わが旗にはいくらでも人が集まって来る。おまえに言われるまでもない」

一巴は、大きく首をふった。

「それではまだ足りませぬ。知恵が浅《あそ》うござる」

「なんだと」

信長がいきり立った。

「運上金を取りなさいますな。商人たちに自由に商いをさせるがよろしかろう。されば清洲の御城下には商人が産品をたずさえて群がります。織田の家も、ここで物産の売り買いをして、利を得れば、運上を取らずとも、蔵に銭が増えまする。わざわざ荷駄隊を組んでわれらが運ばずともすみまする」

信長が立ちすくんだまま動かなくなった。

税や運上金を取らねば、たしかに、商人はよろこぶ。清洲城下に人が集まり、商いが盛んになるであろう。

しかし、そのようにうまくゆくものか——。

信長が親指の爪《つめ》を噛んだ。幼いころから、頭を必死に回転させているときの癖だ。

一巴がたたみかけた。

「鉄炮のこと、なによりも数をそろえることこそ、いちばんの大事でござる。しかも敵には持たせぬことがなにより」

「みなそれを望んでおる。どうやってやる？」

「さすれば、まずは近江国友《おうみくにとも》と泉州堺《せんしゅうさかい》の地に一刻も早く人を送り、鉄炮鍛冶《かじ》どもを統《す》べ、目を光らせること」

信長が清洲の空を見上げた。西を眺めれば、遠くに伊吹山《いぶきやま》と養老《ようろう》の峰が見える。そのむこうに近江の国友がある。

そこは浅井《あさい》家の所領である。どうすれば、国友に人を置いておけるか――。

「ほかに存念あらば申せ」

「玉薬の塩硝を手に入れるには、なによりも本能寺《ほんのうじ》をおつかいなされませ。あの寺は、種子島《たねがしま》に末寺《まつじ》が多く、檀家《だんか》が塩硝を製しております。これを押さえれば、ほかの鉄炮衆は玉が放てませぬ」

「京《きょう》に上らねばできぬことだ」

「上りなさいませ」

信長が、また爪を噛んだ。上洛《じょうらく》はしたくとも、ためらっているのだろう。

「なんのための鉄炮でありゃあすか」

睨みつけると、信長が睨み返した。

「鉄炮こそ、天下にわが道を開く道具。三百挺《ちょう》の鉄炮を活かしなされませ。放たずとも、織田鉄炮衆の力は歴然。力を誇示して押しまくられるがよろしかろう。それこそ、戦わずして人の兵を屈するは、善の善なる者」

信長が、爪を噛むのをやめた。

「ただし……」

一巴はことばをかさねた。

「いま、申し上げたこと、けっしておのが私欲のためになさいますな。天下万民を安んじるためになさいませ。私利私欲のための合戦はただの盗人《ぬすっと》と同じ」

信長がじっと一巴を見すえている。

「人は利に動きましょうが、利ばかりにて動くにあらず。なによりも天下万民を安んじるこころざしをお持ちなさいませ。その旗のもとに、人が集まりましょう」

信長が、冴《さ》え冴えと青い初冬の空を見上げている。

鉄炮を手にすると、一巴に背を向けて犬を放たさせた。駆け寄ってきたところを、あやまたず撃ち殺した。

「夢物語だがや」

一巴は観念した。もはや、これまでだ。去ぬしかない。

「失礼つかまつった」

頭を下げて、立ち上がった。

ふり返った信長の視線が痛く刺さった。

「おまえに手柄が立てられるか」

「…………」

「明日、この清洲に信勝《のぶかつ》がやってくる」

織田信勝は、信長の弟だ。さきごろ謀叛《むほん》したときは赦免されたが、また、性懲りもなく岩倉《いわくら》城主織田信賢《のぶかた》と内通しているらしい。

「わしは、病で臥せっておる」

信長の顔は、つややかだ。仮病をつかう気であろう。

「鉄炮の玉で迎えてやれ」

信長の目には、なんの逡巡《しゅんじゅん》も読み取れない。

「殺せ……と、仰せか」

「それができれば、おまえをわしの馬廻《うままわり》にもどしてやる——」

信長の薄いくちびるが白く乾いて見えた。

翌日、織田武蔵守《むさしのかみ》信勝は、五十騎ばかりの馬廻とともにあらわれた。

平原のむこうに騎馬武者の群れが見えたとき、一巴は手はずどおり、城内に鉄炮衆を伏せた。自分は小袖《こそで》に肩衣《かたぎぬ》をつけ、ひとりで城門わきの櫓《やぐら》に立った。

「武蔵守の一行である。上総介殿《かずさのすけ》のお見舞いに参じた。開門を願おう」

甲冑《かっちゅう》武者が、馬上、野太い声でさけんだ。

「お見舞いの儀、ご苦労に存ずる」

一巴が手を上げると、番卒たちが綱をひき、門扉を上にはね開けた。

櫓を降りた一巴が、迎えに出た。

しずしずと歩く一巴にしたがって、武者の群れが、土居《どい》で囲まれた虎口《こぐち》に入った。門扉が閉められた。

「ここにて下馬していただきますよう」

馬がひしめき嘶《いなな》いている。武者たちが馬を降りた。一人馬上に残っているのは信勝である。

本丸に通じる門が左右に開いた。

先導する一巴に、武者たちがつづいた。信勝は騎馬のまま進んだ。

門をくぐると、さらにまた土居で囲われた小さな曲輪《くるわ》があり、丸太を組んだ柵《さく》があった。

武者たちが不審な顔になった。

くぐったばかりの門を足軽が閉ざした。

目の前の柵には、どこにも通る場所がない。

「いかなる仕打ちか」

馬上の信勝が、目をつり上げた。

「御謀叛の報いにござる。ここが墓場と心得られませい」

武者たちが殺気立った。腰の刀を抜いて、一巴に襲いかかった。

柵のむこうに鉄炮衆があらわれ、たちまち射撃を開始した。

脇差《わきざし》を抜いた一巴は、銃弾の雨のなかで甲冑武者と斬《き》り結んだ。

柵のすぐむこうから射撃している。武者たちが血を噴いて斃《たお》されていった。信勝は馬上、数十発の玉を浴びて絶命した。

雷神が降臨したほどの炸裂音が間断なくとどろき、あたりが煙で白んだ。

銃声が止んだとき、そこに立っていたのは一巴一人であった。

姿を見せた信長が、うすく笑っている。

「運の強い男だ」

一巴は肩で息をしていた。言葉にならぬ想念がからみあってもつれ、涙がいくらでもあふれ出た。

十六

尾張《おわり》は、ほぼ織田信長《おだのぶなが》の掌中におさまった。

もはや、岩倉城《いわくら》の織田にも、さして余力はあるまい。

信長は尾張全域に渦を巻き起こし、その真ん中に立つことに成功したのである――。

信長は馬に笞《むち》をくれて京《きょう》に上った。

馬廻《うままわり》の供が八十騎。尾張の物産を満載した荷駄隊が五百人。永楽銭《えいらくせん》の旗印を背負って、まさにつむじ風を巻き起こしながらの上洛《じょうらく》であった。永禄《えいろく》二年（一五五九）、信長二十六歳の春である。

信長の一行を目撃した公家山科言継《やましなときつぐ》は、日記に「異形《いぎょう》の者多し」と記している。兜《かぶと》に孔雀《くじゃく》の羽根をひろげた橋本一巴《はしもといっぱ》などは、ことのほか目立ったであろう。

京で、足利《あしかが》将軍義輝《よしてる》に謁見。尾張の平定を告げると、尾張守護《しゅご》職に任じる旨の内示を得た。饗宴《きょうえん》にひきとめられたが、信長はあわただしく室町《むろまち》の御所を立ち去った。

将軍より、四条坊門にある本能寺《ほんのうじ》こそ、信長の京での目的地であった。

種子島《たねがしま》で出遭った僧日榮《にちえい》に、一巴は手紙を書き送っておいた。日榮は、信長の一行を門前で迎え、丁重に案内してくれた。

手紙で寄進したい旨をつたえておいたので、全山の頂点に立つ日承《にっしょう》上人《しょうにん》が姿を見せた。

「尾張平定をとげられた上総介《かずさのすけ》殿のことは、ちかごろ京でもずいぶん評判が高《たこ》うございます」

信長は、黙したまま鷹揚《おうよう》にうなずいた。

銭三百貫と上質の油二十樽《たる》が寄進の品である。

「まこと御奇特なこと。妙法の御加護がございましょう」

日承が顔をほころばせた。

「法華《ほっけ》の教えは、はるか九州の彼方《かなた》にまで伝わっておりますな。それがし、種子島に行き、正直、驚きました」

信長の代わりに、一巴が口をひらいた。

「ちかごろは、商いの船が増えましたゆえ、行き来がたやすくなりもうした。遠いと思うておりましたが、なに、行ってみれば、摂津《せっつ》の庭先のようなところ」

日承も、船に乗り、種子島の末寺《まつじ》まで説法に出かけたことがあるという。

「われらは種子島から運びたい物がござる。末寺の多い貴寺ならば、なにかと行き来も多かろう。取り次ぎの便宜をはかってもらえればありがたい」

一巴は、丁重に言上した。

橋本家の郎党清三《ろうとうせいぞう》が種子島の庄屋高市《たかいち》の家に残り、塩硝を調達しているが、島主種子島時尭《ときたか》の取り締まりが強まり、さらに、堺《さかい》や博多《はかた》から大勢の商人が入り込んでいるため、確保が難しくなってきたとの消息が届いていた。本能寺の後《うし》ろ盾《だて》があれば、末寺をつうじて塩硝の確保がずいぶん楽になるであろう。

「よろしゅうございます。ところで、織田家の御宗旨はいずこでございましょう」

日承が、老獪《ろうかい》な目をむけた。

肩衣《かたぎぬ》をつけた信長が口をひらいた。

「法華からいえば、天魔の教え――」

周知のごとく法華宗の開祖日蓮《にちれん》は、念仏無間《むげん》、禅天魔、真言亡国、律国賊と称して他宗を誹謗《ひぼう》している。

「禅の教えなどは、よろしかろうと存じます。同じ仏法ともうしましても、ちかごろやたらと目障《めざわ》りな教えがありますほどに」

信長がうなずいた。「念仏無間」の一向《いっこう》宗のことであろう。

一向門徒たちは、畿内、東海、北陸などの各地で一揆《いっき》を起こし、税や徳政を拒んでいる。町や集落を土居《どい》で囲って城塞《じょうさい》化しているので、その地を治める領主にとっては、はなはだやっかいな集団である。

「上総介様が、種子島の産品にご執心とあれば、いかようにでもお取りはからいいたしましょう。われらは、念仏を聞くと、ちと、耳が重うなって眩暈《めまい》がしてしまいます」

折伏《しゃくぶく》で信者を増やす本能寺は、どうしても他宗と対立しがちだ。ことに、百姓層を折伏しようとすれば、一向宗と鬩《せめ》ぎ合いになる。

信長がちいさくうなずいた。

日承が微笑《ほほえ》んだ。

それで、すべてが通じあった——。

大勢の僧に見送られ、本能寺の門前で馬にまたがると、信長が一巴に声をかけた。

「種子島でのひろいものが、役に立ったな」

「あの旅で蒔《ま》いた種が、ようやく根を張り、葉を茂らせてまいりました」

信長は、一巴のことばを聞き終わらないうちに、馬に笞をくれて駆けだしていた。

京を去った信長は、奈良《なら》から堺に抜けた。

堺の町の真ん中にある今井宗久《いまいそうきゅう》の店先に、馬をつないだ。

広い店先のにぎわいを見れば、商売が繁盛していることはひと目でわかる。

「鉛はとどいたか？」

迎えに出た宗久に、信長が前置きなしにたずねた。

宗久は、かつて彦八郎《ひこはちろう》と称していた武野紹鷗《たけのじょうおう》の婿養子で、いっぱしの茶人面をしている。初めての対面だが、すでに何度も取引と手紙のやりとりがある。

「ご期待にそえるほどには集まっておりませぬ」

宗久が首をふった。

框《かまち》にすわった信長は婢女《はしため》に足を洗わせながら眉根《まゆね》に皺《しわ》を寄せた。

「どれぐらいある」

「三十斤《きん》（一八キログラム）にございます」

それでは、三匁《もんめ》半の玉にして、ざっと六千発しか玉薬《たまぐすり》がつくれない。信長軍の鉄炮《てっぽう》はすでに四百挺《ちょう》に増えている。そんな量ではとうてい足りない。

「わずか、それだけか。売り惜しみしておるのではないか」

「とんでもありませぬ。欲しがる者が増えて払底しております」

座敷にとおると、信長は床の間を背にすわった。南宋《なんそう》の画家牧谿《もっけい》の猿の軸がかけてある。宗久が型どおりに初対面の挨拶《あいさつ》をすると、信長は鷹揚にうなずいた。

「ありがとうございます。よい木綿でございました」

信長の荷駄隊は、京を素通りして堺に先着していた。

織田家と宗久の店は、このところ急速に関係を深めている。

木綿によって、である。

木綿は重要な軍事物資であった。船舶の帆につかえば、筵《むしろ》の帆にくらべて船足が格段に速くなる。鉄炮の火縄は麻などより木綿でつくるのが消えにくい。軍陣の旗や幔幕《まんまく》、将から足軽にいたるまでの兵衣にも木綿がつかわれた。木綿を着ていれば冬の野陣も平気でしのげる。

天文《てんぶん》年間（一五三二〜五五）、木綿は明《みん》からの重要な密貿易品だった。その後、国内での栽培が急速にひろまった。日常の衣類にも木綿が好まれるようになって需要が急増し、いくらあっても高値で売れる。三河《みかわ》商人が運んでくる木綿を、信長の家臣が、尾張で買い付ける。荷駄隊を組ませ、伊勢《いせ》から鈴鹿《すずか》を越え、堺に運ばせている。

その木綿を売りさばいて、宗久は大きな利を得ている。信長を粗略にはあつかえない。

「明の船はどうした。数が減ったか」

信長がたずねた。

むろん表立ってのことではないが、宗久は堺から船を出し、明の密貿易船と九州方面で、荷のやりとりをしている。

密貿易の頭目王直《おうちょく》は、五島《ごとう》に本拠をもって、福建《ふっけん》と船を往来させている。塩硝と鉛を、宗久の船に積み替え、堺まではこんで売りさばく。

——塩硝にはふたつの道がなければならぬ。

つねづね一巴はそう考えている。

種子島の国産塩硝。

明からの密輸塩硝。

どちらがいつ途絶えるかもしれない。ふたつの経路を確保しなければ、塩硝の供給は万全とはいえない。

宗久がうかぬ顔で首をふった。

「王直が、捕縛されたそうにございます。明船の数がよほど減ったと思うておりましたのが、それで合点がいきました」

「捕まった……」

一巴は喉《のど》をつまらせた。

「明の軍勢にか？」

信長の眉がうごいた。

「くわしいことはわかりませぬが、明の浙江《せっこう》総督に、官位につけると招かれ、獄に捕えられたと聞いております。おそらくは死罪となりましょう」

種子島で会ったとき、王直は屈強な警固の男をそばから離さなかった。したたかで用心深い男だったが、なにに慢心したのか、油断したのか。

「王直が海から消えて、塩硝も鉛も、量がまとめにくくなりました」

「つぎの頭目は、おらぬのか」

「王直は、侠気《きょうき》があり、海の男たちに、ずいぶん慕われておったようでございます」

「宗久は、王直と会《お》うたことがあるのか」

信長がたずねた。

「ございませぬ。しかし、商人としては、なみなみならぬ才覚と存じます」

眉をうごかし、信長がつづきをうながした。

「商いというもの、なによりも、人の欲しがるものを長く売るのが肝要。王直は、鉄炮を売るより、塩硝を売ることを考えつきました。まこと商人が鑑《かがみ》とするべき男」

信長はなんの感情も見せない。

「考えてみれば不運な男でございましょう。もとは儒生として官での栄達をのぞんでいたらしゅうございますが、うまくいかず、海賊の頭目となり、官位をちらつかせられて捕えられる……。英邁《えいまい》な男にも、弱点はあるものでございますな」

一巴は、膝《ひざ》のうえで拳《こぶし》を握りしめた。一巴に孫子《そんし》を教えてくれたあの男が、遠い海の彼方の獄にいる。

鼻を鳴らして、信長が話題を転じた。

「明人たちは、なにを欲しがっておるか」

宗久が深くうなずいた。含み笑いをしている。

「なぜ笑う？」

「失礼いたしました。王直より、御屋形《おやかた》様のほうが、商人の才気ありと存じましたゆえ」

眉をひそめた信長に、宗久は真顔でつづけた。

「明人もポルトガル人も、なによりも銀を欲しがっております。銀さえあれば、鉛も塩硝も、いくらでも持ってまいりましょう」

この時代よりほんの二十年ばかり前までは、明国には大量の銀が産出していた。福建や浙江で年間百万両（四二トン）ともいわれる銀が掘り出されていたのである。

ところが、明国の銀鉱脈は、すぐに掘り尽くされてしまった。かわって注目されているのが、日本の銀である。

石見《いわみ》で大量の銀が掘り出され、日本と明の立場がまったく逆転してしまった。

明は、銀の輸出国から輸入国になり、日本の商人は銀を背景に強い立場に立っている。

この時代の銀の正確な産出量は不明だが、江戸時代のはじめ、日本の銀輸出高は毎年百五十トン前後。日本をのぞく世界の銀産出高が、しめて四百トンであったことを考えればおどろくべき量である。

その銀があればこそ、ポルトガル人たちは、はるばる海を越えてやってくるのだ。

メキシコでも銀が掘り出されている。

ヨーロッパの国々が大航海時代に沸いたのは、中世的なバブル経済にほかならない。信長こそ、その申し子であった。

信長も銀が欲しい――。

領地に銀山があれば、どれだけ大きな渦が巻き起こせることか。どれだけの人と物が動かせることか。

尾張に銀は産しない。石見は遠く、古代から知られた長門《ながと》、豊前《ぶぜん》の銀山はさらに遠い。

「しかし、その銀のせいで、こんどは鉛が枯渇してしまいました」

ここ数年、石見で銀の灰吹き精錬がおこなわれるようになってから、銀山でも大量の鉛を必要としているのだと、宗久が説明した。

「鉛に代わるものは、ほかに見つからぬか。玉になるものはないのか」

信長が口の端をゆがめた。

鉛の代わりにさまざまな素材を玉にする工夫を、一巴は休まずにつづけている。

松や樫《かし》の材を丸く削った玉は、鉄への貫通力がまるでなかった。石は、削るのに手間がかかるくせに、当たった瞬間、粉々に砕けてしまう。作る手間から考えて、まだしも役に立つのは陶弾だが、やはり貫通力に物足りなさを感じている。

鉛なら、野陣であっても鍋《なべ》で溶かし、鋳型《いがた》にながしこんで玉をつくれる。玉の素材としては、やはり鉛が最高なのだ。

「鉛に代わるものはありますまい」

一巴は、そう結論するしかない。

「黄金くらいでございますよ、鉛のようにやわらかいのは。黄金に当たって死ぬなら、敵も本望でございましょう」

宗久の冗談に、信長は笑わなかった。

「ひとつお耳にいれたい話があります。各地に放っておいた山師が、よい報《しら》せを持ち帰りました」

「なにを見つけた」

信長が扇子で膝をたたいた。

大きな日本地図をひろげると、宗久は、畿内に近い一点を指先でしめした。

「但馬《たじま》でございます。生野《いくの》ともうす山で、大きな銀の鉱脈が見つかったのでございます」

じつは生野に銀があることは、古代から一部で知られていた。開発されずに放置されていたが、また新しく鉱脈が見つかったというのである。

「但馬の山名祐豊《やまなすけとよ》がひた隠しに掘っております」

「銀が出たか」

膝をのりだした信長が、眉ひとつ動かさず地図を睨《にら》みつけている。

銀山の話をいち早く教えることで、宗久は、信長という先物を買ったつもりである。いまの畿内は三好《みよし》党の天下だが、彼らに大きな渦を巻き起こす力はない。これからどの武家が力をもつのか。先物を見抜くのが商人の眼力だ。

——この男なら。

風雲を巻き起こし、銭を稼がせてくれるはずだ、と、宗久は目をつけた。

信長の視線が、日本の地図を但馬から西へたどっている。

「西国はおもしろうございます。石見の銀山はそうとうに大きいようにございます。その銀を持ってさらに西に向かえば、明や朝鮮との貿易は、じつにたやすい」

途方もない夢をけしかけている——。そばで聞いていた一巴は、あきれかえった。

しかし、途方もない夢こそが世の中を動かしている——。

そもそも鉄炮が種子島にもたらされたのも、ポルトガル人が、海の彼方に一攫《いっかく》千金の途方もない夢をいだいたからではないか。

ポルトガル人たちの夢は、アフリカをまわり、天竺《てんじく》のゴア、マラッカ、マカオを越え、さらに双嶼《そうしょ》へと、アジア全域を巻き込み、蛇の舌が伸びるごとくちろちろと日本に迫ってきたのである。

「御屋形様なら、それができなさいます。それをなさいませ」

宗久が、信長にささやいている。

地図を見つめる信長の目が、とてつもない風雲をはらんでいるように一巴には見えた。

十七

永禄《えいろく》三年（一五六〇）五月、今川義元《いまがわよしもと》が上洛《じょうらく》を開始した。総勢五万を称する軍勢だった。織田信長《おだのぶなが》上洛の翌年のことである。

東海道を上ってきた今川の軍勢は、田楽狭間《でんがくはざま》のせまい谷で休憩した。

今川軍の本陣を信長は急襲した。

おりからの豪雨が、信長の軍勢を隠し、周到な隠密行動を成功させた。

わずかな兵力で、信長は、みごと義元の首をはね落としたのである。

桶狭間《おけはざま》から、清洲《きよす》へと凱旋《がいせん》の道すがら、橋本一巴《はしもといっぱ》が馬に揺られていると、真っ赤な母衣《ほろ》を背負った使番《つかいばん》が駆けてきた。

「御屋形《おやかた》様のところまで、おいでなされませ」

馬の腹を蹴《け》ってそばに寄ると、信長が大きな目を剝《む》いて一巴を睨《にら》みつけた。

「おみゃあみたいに運のわるい男は、顔も見とうない」

そう吐き捨てた。

たずねずとも、理由はわかっていた。

晴れていた尾張《おわり》の空が、昼近くになってにわかにかき曇り、豪雨となったのだ。

「鉄炮《てつぽう》ならば――」

かならず今川軍本陣への急襲が成功すると、一巴は説いていた。勝算はあった。四百挺《ちよう》の鉄炮衆が、錐《きり》のごとく突き進めば、どんな鉄壁の陣地でも突き破れる――。

「撃《う》ちもらすな」

昨夜、清洲城を出撃する前に、信長は、そう念を押した。

「天はわが味方にござる。おまかせくだされ」

一巴は胸を叩《たた》いた。

ところが、突然の大雨で、鉄炮は役に立たなかった。

長い筒をもてあまし、鉄炮衆は息を切らして駆け遅れた。
義元の首を討ったのは、弓、槍《やり》、刀の力である。信長の軍団は、な
によりも突進する力が強い。そこに新装備の鉄炮が加わって無敵とな
っていたということに、一巴はあらためて気づいた。
「ここいちばんの切所《せっしょ》で、天佑《てんゆう》を得られぬとは、ことのほか不運な
男。二度と顔を見せるな」
信長が、冷徹な顔で言い捨てた。
奥歯が砕けるほど、一巴は歯がみした。鉄炮さえ放てれば、義元の
命など、一町《ちょう》先からでも討ち果たしてみせたのだ。
無念の豪雨であった。
――されど……。

と、口にしかけて、ことばを呑《の》み込んだ。

なにを言い返すこともできなかった。たしかに信長の言うとおり運のない男なのかもしれない。おのが不運を自覚して顔がこわばった。

「なんだ、その顔はッ」

信長の甲高《かんだか》い声が耳に刺さった。

「わが武運のなさを呪《のろ》ったばかり。失礼つかまつった」

そのまま馬の鼻先を片原《かたはら》一色《いしき》に向け、駆けに駆けて自分の館《やかた》に帰った。

「おかえりなさいませ」

出迎えたあやの笑顔が、一瞬、くもった。一巴は、よほど怖い顔をしていたにちがいない。

「なんでもない。戦《いくさ》は勝ったゆえ、安心しろ。今川義元の首を取った。御屋形様の勝ちでや。もう、尾張に合戦はなかろう」

「それは、よろしゅうございました」

そのまま井戸端で水をかぶり、洗い立ての小袖《こそで》に着替えると気分がさっぱりした。板座敷にすわって腕を組んだ。

——さて、これからどうするか。

またしても信長から嫌われた以上、尾張で生きていくのは肩身が狭い。

といって、よそに移ることもできない。この片原一色の城館と土地と民を捨てて、どこかに退転するなど、思いもよらないことだ。

――荷駄隊にもどれぬものか。

生駒《いこま》家の荷駄隊の差配をしていたころが、考えてみれば、いちばん安穏《あんのん》だった。野伏《のぶせり》や野盗など、道中は危険がいっぱいだったが、鉄炮があれば安心だった。

いまその生駒家は、すでに織田の家中に取り込まれてしまった。織田家全体が、生駒家のしていたことをしている。

信長は渦を巻き起こし、尾張のすべてを呑み込み、ふくれ上がった。もはや、昔にもどるなど、望むべくもない。

馬蹄《ばてい》の音がひびいて、馬のいななきが聞こえた。荒々しい足音とともに、弟の吉二《きちじ》、三蔵《さんぞう》、志郎《しろう》が入ってきた。郎党頭《ろうとうがしら》の金井与助《かないよすけ》もつづいている。

「兄者。とんでもない真似《まね》をしてくれたな」

吉二の形相がけわしい。

「兄者一人の橋本の家ではないがや。それがわからぬはずはあるまい」

一巴はうなずいた。

「謀叛《むほん》したわけではない。ただちょっと疎《うと》まれたばかり。なにほどのこともなかろう」

「そのような気楽なことで、橋本の棟梁《とうりよう》がつとまるか」

立ったままの吉二が声をあらげた。

「まあ、すわれ。落ち着いて話すがよい」

「そんなことをしている場合か。まずは清洲に赴き、御屋形様に詫《わ》びを入れねばなるまい」

腰をおろした志郎も、いささか昂《たかぶ》っている。

「祝勝の席で、詫びるのはよけいに興ざめであろう」

「しかし、このままでよいはずがない」

そういわれて、一巴は黙した。弟たちの言い分が正しい。

「東方の脅威がなくなったいま、御屋形様は、美濃《みの》を狙《ねら》われるであろう。その合戦に出陣せねば、われらが所領など、たちまち取り上げられ、尾張から追い立てられてしまおう」

たしかに、吉二のまくしたてたとおりの雲行きである。このあと、信長はまちがいなく、美濃を攻めるだろう。

「われら橋本の一族が、これから安泰に暮らすには、御屋形様のおぼえをよくするしかないではないか」

一巴は腕を組んだ。まさにそのとおりなのだが、すぐにはうなずきたくない。

「しかしな……」

つぶやきかけたが、つづける言葉がなかった。

「ここを追い出されたら、なんとする」

吉二が顔をゆがめた。

「そこまでのことはなかろう」

「気性のはげしい御屋形様のことでや。なにを考えておられるか、わかったものではない」

一巴は唇を噛《か》んだ。たとえ信長でも、そんな非道が許されてよいはずがない。頭に血が上るのが自分でもわかった。鉄炮放ちの血が沸騰している。

「追い立てるなどとほざくのなら、わしが、御屋形様を撃つ。文句はあるまい」

一巴のことばに、三人の弟が顔を見合わせた。

筒先を信長に向け、眉間《みけん》をぴたりと目当てでとらえたところを思い浮かべた。

はずれる気がしない――。信長は、眉間から血を噴いて絶命する。

「そんなことをしたら、ほかの者がほうっておかぬ。橋本の家は、家の子郎党あわせても、せいぜい百人がところ。われらなど、たちまち踏みつけにされてしまうぞ」

「あほう。なんのための鉄炮自慢だ」

一巴が怒鳴りつけた。

「戦って、わが土地と民を守るための鉄炮である。その覚悟がなくて、天下一が名乗れるか」

あまりの一巴の気魄《きはく》に、一同が押し黙った。

「謀叛をなさるおつもりか」

与助が、静かにたずねた。

「謀叛などであるものか。この片原一色は、われらが天地。だれであれ、攻めてくれば、命に代えても守り抜く。それだけのこと」

ひとたび晴れていた空が、またどんよりと曇り、ぽつりぽつりと大粒の雨が降りだした。

一巴は、片原一色の館にいた。

信長は、桶狭間の戦勝後、すぐに美濃攻略を算段した。清洲城に帰って十日のちには、もう木曾《きそ》川を渡って、攻め入っている。

三人の弟と郎党頭の与助は、兵を率いて出陣した。一巴は行かなかった。

「いかん、散々でござった」

数日して帰ってきた与助は、美濃兵の強さを語った。鉄炮を撃ちかけ、槍衆が駆け込んでも、美濃衆はひるまず果敢に斬《き》り結ぶという。

「こちらに義がないゆえにな」

信長は、岳父斎藤道三《さいとうどうさん》から美濃の譲り状を受けとったと言っているが、よしんば真実としても、そんな紙切れにどれほどの意味があろう。
美濃を守る斎藤義龍《よしたつ》は、一歩も退《ひ》くまい。
一巴は、かつて、信長に渦を巻き起こせとけしかけた。
天下万民の安寧《あんねい》のために鉄炮をつかえと説いた。
しかし、襲われる側の美濃侍にしてみれば、信長になんの義がある
というのか——と、考えるようになってしまった。
——所詮《しょせん》、合戦など、おのが欲のためにするものか。
そんな迷いが生じている。
一巴は清洲に出仕しない。
朝早く起きて馬で片原一色をまわり、百姓たちに声をかけた。
田圃《たんぼ》には青々と稲がそだち、穂がつきはじめている。畑には野菜が

実り、川では魚が獲《と》れる。天の恵み、地の豊饒《ほうじょう》が、真夏の尾張の野にあふれている。

——この土地と民を……。

ただ守って生きていたい。そんな願いは、かなえられないものか。

しばらくは、館にいて安逸な日々をすごしていたが、やがて、夏が終わり、秋が深まり、一巴は、ときに物憂さにとらわれるようになった。

昔なら、鉄炮の稽古《けいこ》をしていれば、からだの底から力が湧《わ》いてきた。

いまはなにか満ち足りない。全身が気怠《けだる》く、力がこもらない。

そのうえ、夢見が悪くなった——。

「どうなさいました」

夜中にうなされて目ざめることがしばしばあった。そのたびにあやが、心配そうな顔をむけている。

「なんでもない」

首をふったが、自分の撃ち殺した男たちが、亡者となって、襲いかかってくる夢を見ていたのである。亡者たちは、頭を撃ち砕かれ、腑《はらわた》をひきずりながら、一巴の首を絞めようと襲いかかってくる。

一巴は、外に出て井戸水を浴びた。晩秋の夜更けに水が冷たい。

「南無マリア観音……」

切支丹《キリシタン》になったわけではないが、その観音菩薩《ぼさつ》がいちばん験《げん》がありそうな気がした。もう、撃ち殺した人数など、とてもわからない。それでも、その名を唱える習慣は身に染み込んでいた。

何杯か冷水を浴びると、気持ちが引き締まった。

褥《しとね》につくと、また同じ夢を見た——。目ざめ、水を浴び、寝て、また夢を見る。毎晩、そんなことのくり返しだった。

寝つかれず、あやを抱きしめる——。

せわしなく寝間着の帯をほどいて、白い肌をかさねると、そこだけが、この世でただひとつ、安逸を感じられる場所に思えた。

一巴は、おのれの小ささを感じないわけにはいかない。

亡者の夢にうなされ、毎晩、濁り酒を呑みはじめた。酒に酔わずに薄縁《うすべり》に横になると、血が昂って眠れない。闇《やみ》のなかの褥でじっとしていると、いまにも敵が飛び込んでくるような気がして、飛び起きてしまう。

――もう今川義元を斃《たお》した。敵は来ない。

そう自分に言いきかせて褥に横たわるのだが、うつらうつらすると、また、闇に敵の気配と殺気を感じてしまう。

障子を開けてもだれもいない。ただ、月光だけが庭に照りつけている――。

地獄の夢をしばしば見ている。

いや、合戦で体験した、もっとひどい地獄を思い出している。

地獄は地の底にあるわけではない。この世こそ地獄だ。鬼は自分だ――。

そんな想念にとらわれている。

浮野《うきの》の原で大怪我《けが》をしてからしばらく、一巴は、生きていることのありがたさを感じずにはいられなかった。九死に一生を得てこの世に命をつないでいることが、なにものにも代えがたい果報に思えた。

地面を這《は》う蟻《あり》を見てさえ、命の愛《いと》おしさ、慈しみが湧いてきた。生きのびたのは、あやが傷を舐《な》めて治してくれたからである。そのことが、なにより嬉《うれ》しかった。

傷が癒《い》え、ほとんど不自由のない暮らしができるようになっている。

それでも、もの憂く、生きることが苦しい。

鉄炮を手にしたばかりの若いころは、明日が、大きく開けているのを感じていた。

信長に鉄炮を教え、天下一の鉄炮衆をつくらせれば、それが天下万民のためになると信じていた。

なんと手前勝手な思い込みか、と、思う。

いまはつい、鉄炮で襲われる者の身になって考えてしまう。

――怯《おび》えているのか。

最初は、そう思った。

いつもいらいらとして、落ち着かない。いますぐにでも、敵が攻め寄せて来る気がする――。夜は亡者の夢――。地獄の夢――。

――もはや、安逸な生活には、もどれないのか。

そんな気がする。

――合戦に出れば……。

解き放たれるかもしれない。

鉄炮を手にしたのは、尾張の民、天下の万民のためのはずであった。

鉄炮があれば、無益な合戦が終わると、信じていた。

尾張を守るためなら命はいらないと思っていた。

しかし、それは結局、いかに手際よく、敵をたくさん殺すかということにほかならない。いったいどれほどの敵を、鉄炮の玉であの世に送ったか。

一巴が指揮杖《しきじょう》をふれば、筒先をならべた鉄炮がいっせいに火を噴く――。


――鬼は、おれだ。

殺さなければ、殺される――。

天下万民のためであったはずの鉄炮が、いつのまにか、鬼の道具に変じてしまった。

生きたければ、人は鬼になるしかないのか――。

日々、そんな思いにさいなまれている。

一巴は、鉄炮を抱いて寝た。

そうしていると、みょうに安心できた。

冷たい鉄炮を抱いていれば、亡者たちも襲って来ない。

――もはや、鉄炮なしには生きられぬのか。

そう思えば、忸怩《じくじ》たるものがある。それもまた人の一生かと思い直した。

寝ても覚めても鉄炮を離さぬことで、一巴はしだいにこころを立ち直らせた。

冬が終わり、春が来て、また夏が過ぎていくなかで、妻のあやと子どもたちを守って、ここで生き、ここで死にたいと思うようになっていた。
それが人として、なによりの幸せだと思えた。

本書は、株式会社集英社のご厚意により、集英社文庫『雷神の筒』を底本としました。但し、頁数の都合により、上巻・下巻の二分冊といたしました。

雷神の筒　上
（大活字本シリーズ）

2023年5月20日発行（限定部数700部）
底　本　集英社文庫『雷神の筒』
定　価　（本体3,300円＋税）
著　者　山本　兼一
発行者　並木　則康
発行所　社会福祉法人　埼玉福祉会
埼玉県新座市堀ノ内3―7―31　〒352―0023
電話　048―481―2181
振替　00160―3―24404
印刷製本所　社会福祉法人　埼玉福祉会　印刷事業部

ISBN 978-4-86596-568-1

大活字本シリーズ発刊の趣意

現在，全国で65才以上の高齢者は1,240万人にも及び，我が国も先進諸国なみに高齢化社会になってまいりました。これらの人々は，多かれ少なかれ視力が衰えてきております。また一方，視力障害者のうちの約半数は弱視障害者で，18万人を数えますが，全盲と弱視の割合は，医学の進歩によって弱視者が増える傾向にあると言われております。

私どもの社会生活は，職業上も，文化生活上も，活字を除外しては考えられません。拡大鏡や拡大テレビなどを使用しても，眼の疲労は早く，活字が大きいことが一番望まれています。しかしながら，大きな活字で組みますと，ページ数が増大し，かつ販売部数がそれほどまとまらないので，いきおいコスト高となってしまうために，どこの出版社でも発行に踏み切れないのが実態であります。

埼玉福祉会は，老人や弱視者に少しでも読み易い大活字本を提供することを念願とし，身体障害者の働く工場を母胎として，製作し発行することに踏み切りました。

何卒，強力なご支援をいただき，図書館・盲学校・弱視学級のある学校・福祉センター・老人ホーム・病院等々に広く普及し，多くの人人に利用されることを切望してやみません。